희로애락
喜怒哀樂

우리 삶의 소박한 일상을 스토리텔링으로 풀어낸
'코끼리 작가'의 인문에세이

喜怒哀樂 희로애락

김기홍 지음

힘들고 지친 삶을 위해 '꿈과 희망'을 배달해 드립니다.

창작시대사

Writer 코끼리 작가

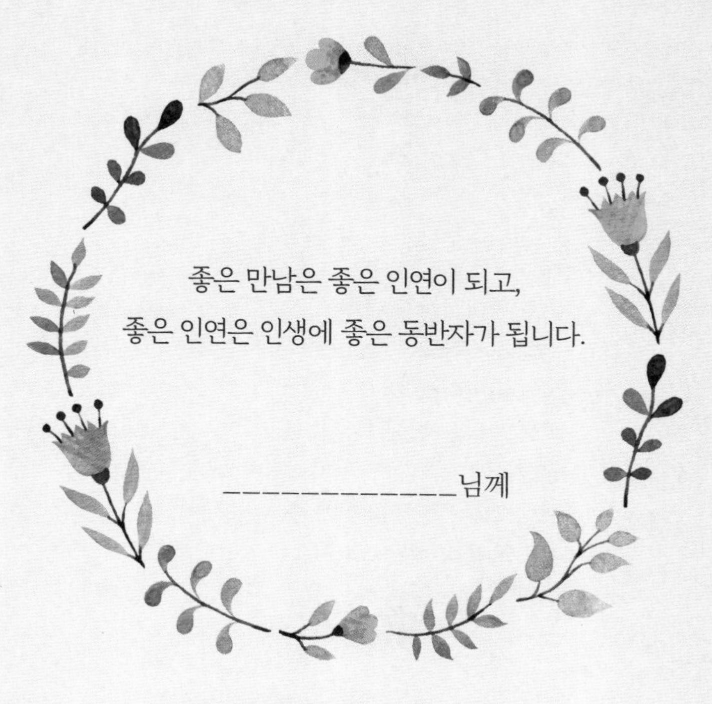

좋은 만남은 좋은 인연이 되고,
좋은 인연은 인생에 좋은 동반자가 됩니다.

______________님께

코끼리 작가 김기홍 드림

CONTENTS

Lesson 1
희喜

Lesson 2

로怒

Lesson 3

애哀

Lesson 4

락樂

프롤로그

지금까지 살면서 많은 '희로애락'을 겪었습니다. 제가 직접 경험한 일들부터 간접적으로 전해 들은 일상들이 저에게는 참 소중하게 느껴졌습니다.

그중에는 제가 간직하고 싶은 좋은 추억도 있지만, 저의 실수로 인한 후회 스런 과오도 많았습니다. 그런 일들을 저 혼자만 간직하고 싶지 않았습니다.

그런 의미에서 이번에 출간한 '희로애락' 인문에세이는 다양한 삶을 '사랑'이란 키워드로 따뜻하게 어루만지는 작품입니다.

우리 삶의 소박한 일상을 인문학적 '스토리텔링' 형식으로 풀어내어 우리들의 삶에 특별한 교훈을 주고 싶었습니다.

아버지께서 공기업 퇴직 후 친구의 제안으로 시작한 사업의 어려움 등으로 어릴 적 집안이 많이 힘든 적이 있었습니다.

그때가 중학교 때였습니다.

부모님의 특별한 수입이 없었던 탓에 어머니는 학교에 가야 하는 아들을 위해 도시락을 변변히 챙겨줄 만한 반찬이 없어서 도시락 통에 밥만 가득히 담아서 책가방에 넣어 주었고, 반찬은 변함없이 김치나 콩자반이 주를 이루었습니다. 그것도 여의치 않을 땐 그냥 도시락 없이 학교에 가는 날도 부지기수였습니다. 그런 어려움과 방황의 시대에서 제가 할 수 있는 건 혼자서 버티고 살아가는 방법을 일찍 터득하는 것이었습니다.

부모님의 사랑과 웃음이 끊이지 않는 집안의 행복은 저에겐 언감생심이었습니다. 당장 시급한 건 등록금을 구할 수 없어 어려움을 겪는 부모님을 대신해서 혼자서 아르바이트를 할 수 있는 곳을 찾아야만 했습니다.
그 당시에만 해도 중학생의 나이에 할 수 있는 건 많지 않았습니다. 친구의 소개로 집 근처 신문지국을 찾았습니다. 그리고 새벽에 신문을 돌리는 일을 하게 되었습니다. 매일 새벽 4시에 일어나 신문을 들고 계단을 오르내리며 신문을 배달하는 것이 어린 나에게 무척이나 힘든 일이었습니다.
그래도 아르바이트하는 동안 많은 사람이 학생인 저에게 장하다고 집에 있는 먹을거리를 주기도 했고 맛있는 거 사 먹으라고 용돈을 주기도 했습니다.
힘든 생활이었지만, 그래도 온정이 남아 있다는 건 어린 학생에게 '아직도 세상은 살만한 곳'이라는 것을 깨우쳐 주었습니다.

그렇게 근근이 버티며 중학교를 졸업할 수 있었습니다. 그러나 아버지를 한 번도 원망한 적은 없습니다. 아버지의 사업 실패가 잘못은 아니잖아요? 오히려 그때 제게 독한 마음이 일었습니다.

'여기서 내가 잘못되면 우리 집안은 끝이다. 방황하지 말자! 이 또한 지나가리라.'
실제 당시 신문배달을 하는 친구 중에 불량한 학생들도 많았습니다. 그러나 그 무리에 휩쓸리지 않고 어려운 시기를 잘 견뎌낸 것은 오롯이 부모님에 대한 최소한의 자식 된 도리였습니다.
어느 부모님인들 자식에게 잘 해주고 싶지 않은 사람이 있겠습니까? 형편이 안 되니 못 해주는 것뿐이지요. 그래도 믿고 의지하는 자신의 분신과도 같은 자식이니. 당신은 잘못돼도 자식이 잘못되는 건 꿈에도 생각하지 않는 게 부모님의 한결같은 마음일 테지요.

저는 어릴 적부터 책 읽기를 좋아했고, 일기 쓰기를 좋아했습니다. 자연스럽게 글쓰기에 빠져들었고, 더 좋은 글을 쓰고 더 성장하도록 글쓰기에 대한 많은 지도, 따끔한 충고 그리고 작가의 길을 걷기까지 많은 격려를 해주신 아버지입니다.
늘 부족하다는 생각으로 많은 책을 읽고 공부도 하면서 부끄럽지 않은 글쟁이가 되도록 노력해왔습니다.
우연히 출판사 대표와 만남이 이어졌고 소설 ≪꿈을 가진 코끼리는 지치지 않는다≫와 ≪수인번호 1004≫ 그리고 ≪꿈을 가진 코끼리의 명상집≫ 등 몇 권의 책을 집필했습니다.
제목에 '코끼리'가 들어가는 책을 집필한 이유로 '코끼리 작가'라는 예명으로 문학계에서 활동 중이기 때문입니다.

누구에게나 꿈이 있을 것입니다. 저의 어릴 적 꿈은 작가였습니다.
작가가 되기까지 순탄치 않은 생활의 연속이었고 힘들고 어려운 고뇌의 시간을 경험하면서 삶의 깊이가 더해지고 생각의 스펙트럼도 넓어졌습니다.
단순히 작가로 활동 중이라는 것 보다 작가가 되기까지 '희로애락'의 인생 경험을 겪는 과정에서 삶에 대하여 조금은 알게 된 것 같습니다. 그런 삶이 저에겐 크나큰 재산이 되었습니다.
앞으로 작품세계를 펼쳐나가고 다양한 작품을 세상 밖으로 내놓기까지 또 다른 많은 역경이 저를 기다리고 있을 것입니다.
그래도 저를 인정해 주고 저의 작품세계를 응원해주시는 독자들이 함께 있는 한 저는 외롭지 않을 것입니다.
저를 혹독하게 만들었던 그리고 너무도 일찍 세상의 풍파를 경험하게 해준 두 분, 아버지와 어머니는 지금 하늘나라에서 어느새 중년이 되어 작가로서 활동 중인 아들을 지켜보며 응원하고 계시리라 믿습니다.

작품 활동과 더불어 대학 등에서 강의 요청으로 강의를 진행한 바 있는데, 스토리텔링 방식으로 강의를 진행하여 청중으로부터 많은 호응을 받았습니다.
기회가 된다면 어디든 '코끼리 작가'가 달려갈 것입니다. 그리고 '꿈과 희망'을 배달해 드리고 싶습니다.
그간 저에게 많은 분이 보내주셨던 격려와 응원의 메시지는 작가로서 활동하는데 큰 자양분이 되었습니다. 제가 초심을 잃고 방황할 때, 다시 오뚝이처럼 일어서게 해준 원동력이기도 합니다.
어려웠던 과거를 회상하며 조용한 서재에서 생각에 잠겨 봅니다.
골프와 선거는 고개를 들면 지게 되어 있다고 합니다. 오만하지 않고 겸손하게 노력하고자 합니다.
'희로애락'이 두루 있는 인생이야말로 진정한 인생입니다.

인간은 불완전하기에 사랑스럽습니다.
자신의 부족함을 정면으로 대할 때, 인생은 비로소 아름답고 완전해질 것입니다.
우리의 삶이란 어린 시절의 아득한 풍경처럼, 한 편의 시처럼 아름답다는 걸 너무 늦게야 깨달았습니다.
살아가는 것만으로도 삶은 아름답습니다.
마음을 비우니 이제 내 마음에 걸림돌과 욕심이 없어졌고, 마음이 평화롭습니다.
마음을 비우니 매일 하루하루 모든 것이 아름답게 보입니다.

제가 가진 달란트가 조금이나마 사회에 보탬이 될 수 있다면 멋진 인생을 그린 한 폭의 유채화가 될 수 있을 것으로 기대하고 싶습니다.

2021. 첫날에

왕십리 서재에서 '코끼리 작가' 김기홍 드림

남을 위하여 행하는 봉사로 자신도 기쁘고 타인도 함께 행복할 수 있다면 그것이야말로 자신의 삶을 더 빛나게 하고 인생을 더욱 값지게 사는 방법일 것입니다.

Lesson 1
희 喜

희로애락

도심을 걷다 보면 많은 사람을 접하게 됩니다. 편안한 얼굴을 하며 걷는 사람, 고민스러운 얼굴을 하고 지나는 사람, 화가 난 얼굴로 가는 사람, 슬픈 얼굴로 스쳐 가는 사람… 형형색색의 옷을 입은 다양한 계층의 사람들을 회사나 식당 또는 기타 장소에서 만나다 보면 우리 사회의 다양한 단면을 보고 있다는 생각이 듭니다.

사람마다 각자의 개인사도 다양합니다. 기쁨을 같이해주어야 할 사람, 슬픔을 나누어야 할 사람, 힘든 일이 있어 위로해 주어야 할 사람… 세상살이의 많은 희로애락喜怒哀樂을 공유하게 됩니다.

희로애락은 누구나 갖는 자연스러운 감정입니다.
사람은 무의식적으로 감정에 따라 행동하게 마련입니다.
그러나 때와 장소에 맞지 않게 자신의 감정을 표출하거나 감정의 노예가 되는 것은 엄청난 손실을 초래하기에 반드시 주의해야 합니다.
어느 심리학자가 말했습니다.

"화가 날 때 화를 다스리고, 기쁠 때 침착하며, 슬플 때 슬픔을 환기시킬 줄 알아야 한다. 또한 우울할 때 기분을 전환하고, 초조할 때 마음을 달래며, 놀랐을 때 안정할 수 있어야 한다."

이처럼 자신의 감정을 적절하게 다스리고 감정의 주도권을 스스로 잡는다면 마인드 컨트롤을 통해 언제든지 긍정적인 기분을 유지할 수 있습니다.

누구에게나 쉽게 이야기할 수 없는 인생의 아픈 상흔傷痕이 남아 있는 사람들을 종종 만나게 됩니다. 그들의 이야기를 듣다 보면 한 사람의 인생 축소판인 모노드라마를 보고 있는 듯한 기분이 듭니다.
각자의 입장을 충분히 알 수는 없지만 그들의 마음을 조금이나마 달래주기 위해 필요한 것은 그들의 말을 진정성 있게 들어주는 것일 겁니다.

어릴 적 할머니와 지방 소도시의 조용한 동네에서 같이 살았습니다. 할머니는 특별한 행사가 없는데도 먹을 것을 만들어 동네 사람들에게 나누어 주고 동네 행사가 있을 때나 없을 때나 줄곧 집에 손님들을 불러서 대접하고 담소를 나누곤 하셨습니다.

동네 사람들과 잘 지냈고 무슨 일이든 서로 도우며 사는 모습이 어린아이의 눈에는 그것이 자연스러웠고, 당연하다고 생각하며 자랐습니다.
그리고 성인이 되어 시골을 떠나 서울로 온 지 벌써 수십 년이 지난 지금 간간이 그때의 소중한 추억이 파노라마처럼 떠오르기도 합니다. 지금의 현대사회는 그런 온정의 생활과 마음의 씀씀이가 많이 줄어든 것 같아 안타깝다는 생각이 듭니다.

오래전 프랑스로 출장 가면서 인천공항에서 탑승하여 프랑스 공항에 도착하기까지 13시간의 장시간 비행 동안 항공기 기내 스튜어디스들이 돌아다니면서 수시로 좌석으로 와서 "필요한 게 있으시냐, 불편한 건 없으시냐."라고 물어보며 친절하게 승객들을 대하는 모습을 보며, 당연히 업무적으로 해야 할 일이겠지만, 많이 힘들텐데 사명감으로, 피곤해도 피곤한 내색을 하지 못하고 목적지까지 가는 동안 시종일관 미소로 일관하는 모습이 안쓰럽기도 하고 한편으로는 대단하다는 생각을 한 적이 있습니다.

사회심리학 현상 중에 '조력자 증후군helper syndrome'이라는 것이 있는데, 조력자 증후군은 남을 돕고 사는 사람들사회복지사, 종교인 등은 누군가를 위해 희생해야 하고 힘든 자신의 감정을 억누르고 하다 보면 정신적 우울증 등 괴리현상이 일어난다는 현상을 일컫습니다.

우리 사회에서 봉사와 희생을 하는 많은 사람이 있지만, 그들의 헌신과 노력이 얼마나 힘들고 소중한지 아는 사람은 많지 않은 것 같습니다.
묵묵히 어려운 이웃을 위해 봉사하고 희생하는 그들의 노력이 얼마나 대단한 건지 새삼 느끼게 됩니다.
언필칭, 국회의원, 임명직 등 자신의 입신양명을 위해 다양한 사람들이 코스프레 형식으로 봉사를 한다고 나오는 우愚는 이제는 없어져야 하겠습니다. 예제없이 봉사는 아무나 하는 것이 아닙니다.

남을 위하여 행하는 봉사로 자신도 기쁘고 타인도 함께 행복할 수 있다면 그것이야말로 자신의 삶을 더 빛나게 하고 인생을 더욱 값지게 사는 방법일 것입니다. *

카르페 디엠

carpe diem

석양이 질 무렵 한강 고수부지를 비추는 붉은 햇살은 한강 수면 위를 붉게 물들이는 한 폭의 유채화 같습니다.
국회 출입문을 지나, 여의서로를 총총걸음으로 걷다 보면 주변의 많은 꽃과 나무들이 푸른 자태를 과시하며 도심에 지친 많은 시민을 가슴으로 안으며 반겨주고 있습니다.
하루 일상에 지쳐 심신을 달래기 위해 한강변의 유람선, 수상 스키를 즐기는 사람들을 보고 있노라면 간접적으로 삶이 풍요로워지는 듯한 느낌은 물론 행복한 마음이 저절로 들 때가 많습니다.

다람쥐 쳇바퀴 돌 듯이 무미건조하게 하루하루를 보내다 보면 나 자신을 돌아볼 시간이 부족한 것이 사실입니다.
평범한 삶을 살면서 하루의 일과를 돌이켜 볼 수 있는 유일한 시간이 가볍게 산책을 하며 묵상에 잠기는 것입니다.
한강 주변에서 다정한 연인들이 자리를 펴놓고 간단한 음식을 먹는다든지, 둔치에서 노래를 부르는 사람이 있는가 하면, 운동을 하는 사람들을 볼 때면 제법 그 광경은 생기가 돕니다.

언제부터인가 우리의 삶은 '빨리빨리'로 익숙해져 있고 하루하루 초스피드로 살아가는 시대에 있습니다. 그러다 보니 진작 나의 삶도 그런 초스피드의 시대에 던져져 세월이 너무도 빨리 지나가고 있음을 피부로 느낍니다.

'느림의 미학'이라는 말처럼 잠시 몇 초라도 좋으니 자신을 돌아볼 수 있는 시간을 가져보길 권하고 싶습니다.
꼭 그것이 산책 등이 아니더라도 기도, 묵상, 상념의 시간을 가지면서 하루의 삶을 반성하고 더 나은 내일을 위해 고민하고 계획하는 시간을 가져보길 희망합니다.

많은 사람이 매일 한강 고수부지를 걷고 있습니다. 연령층도 다양하고 생각하는 것도 다양할 것이며, 처한 상황도 다양할 것입니다. 그러나, 그 누구도 시간의 흐름을 거역할 수 없는 것은 똑같습니다. 그렇기에 주어진 하루하루를 즐겁고 행복하게 보내길 바랍니다.
그 행복이 거창할 필요는 없습니다. 가까운 가족 또는 지인들과 알토란 같은 시간을 가지며 즐겁게 보낸다면 그것이 행복한 삶이 아닌가 싶습니다.

개인적으로 약속을 하거나 이동 시, 대중교통인 지하철을 많이 이용합니다.
지하철을 타기 위해 플랫폼에 서 있다 보면 간간이 더듬더듬 지팡이를 두드리며 전동차 안으로 걸어가는 사람들 혹은 신체가 부자유스러워 남의 도움을 받아야만 움직일 수 있는 사람들을 봅니다.
그런 사람들을 보면서, 내가 건강한 신체로 생활할 수 있는 것만으로도 나는 행복한 사람이라고 느낀 적이 있습니다.

남의 불행이 나의 행복일 수 없고, 남의 불행을 보면서 나도 그렇게 되지 말라는 법이 없으니 스쳐 지나가는 사람들에게 많은 빚을 지고 산다는 생각으로 도울 수 있다면, 더불어 사는 사회에서 기쁜 마음으로 남을 도우면서 살아가는 삶이 필요할 것입니다.
재산이 많다고 행복하지 않고, 명예가 높다고 결코 행복하지 않습니다.

행복은 채움이 아니라 비움입니다.

많을수록 좋은 것이 아니라, 비울수록 좋은 것입니다.
불가에서 강조하는 것 역시 소유에 대한 집착을 내려놓으라는 것입니다.
소유에 대한 집착과 탐욕이 나를 괴롭히기 때문에 이러한 세속적인 것들에서 해방되어야 진정한 자아를 찾을 수 있다는 것입니다.

무언가를 갖고자 하는 것은 그 무엇에 대하여 집착하는 것을 말합니다.

우리는 물질에 대한 집착이 너무 강한 시대에 살고 있습니다.
돈은 생계가 보장되는 단계만 지나면 사실 행복에 별다른 영향을 끼치지 못합니다.
오히려 돈에 집착할수록 더 이기적이 되며 경쟁심과 비교심리로 우울해진다는 전문가들의 이야기도 있습니다.
많은 돈을 소유하고 있어도 그 행복감과 성취감은 그리 오래 가지 못한다고 합니다.
결국 그 집착을 내려놓아야 행복해질 수 있다는 것입니다.

'지나침은 모자람만 못하다'라는 말이 있습니다.
요즘은 지나침이 너무 많은 것이 문제입니다.
물질이 행복을 위한 충분조건은 될 수 있지만, 필요조건은 아닙니다. 아무리 가진 것이 많아도 자기만족이 없으면 결코 행복할 수 없습니다.
행복은 내가 가진 것에 만족하고 더 이상 욕심을 내지 않을 때 비로소 오는 기쁨입니다.

우리는 이미 부자입니다.
행복은 스스로 만족하는 자의 몫이기 때문입니다.

다만, 자꾸 주변의 남과 비교함으로써 스스로를 불행하게 만들고 있는 것이 문제입니다.
지금 처한 상황이 아무리 힘들고 어렵더라도 우리는 인생을 즐겁고 아름답게 가꾸어가도록 노력해야 하지 않을까요?

인생이라는 시간은 짧습니다.
그렇기에 누군가 죽음에 다다르면 살아왔던 한평생이 주마등처럼 순식간에 지나간다고 합니다. 한 편의 영화처럼 말입니다.
지금 건강하게 살고 있다 해도 누구나 공평하게 죽음을 피할 수는 없습니다. 그건 거역할 수 없는 인간의 숙명입니다.

하루살이에겐 주어진 시간은 하루뿐입니다. 아침에 태어나 저녁이면 죽음을 맞이합니다.
삶이 시작됨과 동시에 삶의 종말이 다가옵니다.
삶과 죽음은 동질선상에 있다고 해도 과언이 아닙니다.
죽음은 삶의 마지막 종착지입니다. 그래서 인생의 하루하루를 어떻게 잘 사느냐 즉, 어떻게 살다가 죽어야 하느냐는 문제만이 남게 됩니다.
우리가 아무리 죽음을 회피한다 해도 결국 100살 언저리에서 다 죽음을 맞이하게 됩니다.
누구나 건강하게 살았다 해도 나이가 들수록 건강이 노쇠해질 수밖에 없습니다.

결국 무병장수하면서 오래 사는 것도 좋지만, 사는 동안 하루하루 최선을 다해서 보람되게 사는 것이 더욱 중요하다 하겠습니다.
만일, 하루살이의 인생이라고 하면, 하루밖에 살지 못할 터인데 원망만 하고 신세타령만 하고 있기엔 너무도 짧은 시간이 아니겠습니까?

고통 없는 인생은 없습니다.
그 고통을 느끼며 삶을 부정하기엔 너무도 짧은 인생입니다.
하루하루를 감사하는 마음으로, 서로 사랑하며 행복하게 살아야 하겠습니다.
영화 〈죽은 시인의 사회〉에서 키팅 선생이 아이들에게 희망과 용기를 주기 위해 자주 해주었던 말로 '카르페 디엠carpe diem'이 있습니다. 현재에 만족하고 지금에 충실하라는 라틴어입니다.

결코 행복을 미루지 마십시오!. 지금 이 순간을 즐기십시오! *

산행 속 자아도취

날씨가 쾌청한 날이면, 간간이 짬을 내어 서울 근교 산을 오릅니다.
이런저런 이유로 마음이 복잡할 때 모든 시름을 잊고 생각을 정리할 겸 할 수 있는 운동은 등산 만한 것이 없다는 생각이 듭니다.
간단한 등산복 차림에 마실 물도 챙기고 복장과 등산 장비까지 갖춘 후 가벼운 발걸음으로 집을 나서지만, 이내 후회할 때가 한두 번이 아닙니다.
등산로 초입에서 등산객을 따라 한 걸음 걷다 보면 금세 피로감이 물밀 듯이 몰려오기 때문입니다.
그러나 그런 내 마음을 위로라도 해주듯 길가에 만개한 꽃들이 형형색색의 자태를 뽐내며 향긋한 꽃 냄새로 반갑게 손님을 맞이해 주니 기분이 금방 상쾌해집니다.

늘 다니는 코스지만, 갈 때마다 새롭게 느껴지는 것은 등산을 함으로써 느낄 수 있는 묘미가 아닌가 싶습니다.
산 입구 매표소에서 능선을 경유하여 걷는 동안 한 발자국, 한 발자국 내딛는 발걸음은 힘들지만, 소나무·참나무·물푸레나무 등 수려한 환경에 도취되어 어느새 피곤은 싹 가시고 새로운 기운이 다시 용솟음치는 것을 느끼곤 합니다.
양지바른 곳에 피어있는 다양한 종류의 꽃봉오리는 햇빛을 받아 더욱 화사하기만 하고, 한강이 내려다보이는 산록에서는 이에 질세라 늘 푸른 소나무들이 각종 수목들과 어우러져 힘껏 교태를 부리고 있습니다.

산행 중에 마주치는 등산객들에게 가볍게 목례를 하고 지나간 흔적을 남기기라도 하듯이 나무의 중턱을 손바닥으로 툭툭 치며 그렇게 산을 올랐습니다.
8부 능선을 지날 때면 몸은 이내 땀으로 흠뻑 젖습니다. 중간중간 약수터에서 목을 축이고 다시 발걸음을 재촉해 봅니다.
산은 오르면 오를수록 힘겹게 느껴지고 정상이 머지않았는데도 성취감을 맛보기 전에 '이젠 그만 하산할까?' 하는 생각이 나의 인내심을 테스트하곤 합니다.
누군가 "인생은 산을 오르는 것과 같다."라고 한 말이 정말 정확한 비유인 것 같습니다.
산자락 입구에서 저마다의 목적지를 정해놓고 산을 오르지만, 정상이 다가올수록 험난한 협곡으로 인해 많이 힘이 듭니다.

첩첩산중에 혼자 산행하고 있노라면, 아무도 나에게 관심을 가지지 않는 암중 산속에서 외로운 자기와 싸움을 하는 것 같아 등산이 흡사 우리네 인생사와 같다는 생각이 들곤 하였습니다.
산행 도중 중간에 포기하게 되면 정상에서 느낄 수 있는 희열을 맛볼 수 없게 되지만, 참고 견뎌내어 정상에 오르면 온 세상을 다 얻은 것 같은 자아도취自我陶醉의 기쁨을 맛볼 수 있게 되니 이래서 등산이 '인생의 축소판'이라고 비유했던가 봅니다.

산을 오르는 동안 앞에 먼저 가고 있는 등산객의 발걸음을 따라 걷다가 조금 더 빨리 가고 싶은 마음에 앞질러 갈 때도 있습니다.
하지만 어느 지점에 도달해 잠시 휴식을 취하려다 보면 뒤처져서 오던 등산객이 어느새 저보다 앞서가고 있는 것을 발견하게 됩니다.

등산의 참 묘미는 정상 정복에 있지 않습니다.
그보다는 산길을 쉬엄쉬엄 올라가면서 주변의 아름다운 풍경을 보고, 산새 소리를 들으며 시원한 바람을 맞는 것이 등산의 재미입니다.
쉬지 않고 처음부터 무조건 정상을 향해 내달린다면 오히려 중도에 지쳐서 아예 포기하게 될지도 모릅니다.
욕심은 과욕을 부르고, 먼저 앞서갔다고 결코 그것이 앞선 것이 아니라는 '오십보백보五十步百步'의 평범한 이치를 깨닫곤 합니다.

산을 내려오면서 문득 행복이라는 것을 생각해 보았습니다.
'행복의 기준은 무엇이며, 어떻게 사는 것이 과연 행복한 삶일까?'
하산하는 중간에 누군가가 나무 자락에 써놓은 글귀 하나가 눈에 들어왔습니다.

이 세상에서 가장 무서운 병은 '사랑받지 못한다고 느끼는 병'이래요. 나 자신이 가장 소중하고 행복하다고 생각하세요.

나만의 행복의 비법이 정리되는 순간이었습니다. 산을 오르면서 정상까지는 힘들었지만, 하산할 때의 발걸음은 너무도 가벼웠습니다.
비록 많은 재물을 가지지 못하고 남보다 뛰어난 명예도 갖지 못했지만, 건강하게 태어나서 하루하루 작은 것에 만족하고 단란한 가족과 알콩달콩한 삶을 영위해 간다면, 이것이야말로 소박한 행복이라는 생각이 들었습니다.

고승高僧인 원효대사가 당나라로 유학을 가던 중, 어느 무덤 근처에서 잠을 자다가 새벽 잠결에 목이 말라 해골 물을 마셨다는 설화는 유명합니다.
그 맛이 참으로 꿀맛 같았는데, 아침에 깨어나 확인해보니 해골에 고인 물이었음을 알고 구역질을 하고 말았다 합니다.
하지만 그런 더러운 물을 마시고도 처음에 그렇게 꿀맛이었다는 생각을 한 것에 대해 '모든 것은 마음먹기에 달렸다'라는 '일체유심조一切唯心造'의 깨달음은 현세現世에 교훈을 주고 있습니다.

요즘 유행하는 정서적·문화적 아이콘으로 '힐링healing'이란 단어가 있습니다.
휴가철 조용한 산사山寺를 방문하여 시간 보내기, 며칠 동안 핸드폰을 꺼두고 전화의 고통에서 해방되기 등 나만의 힐링 프로그램을 가지는 사람들이 많이 증가하고 있다고 합니다.

바쁜 일상 속에서 느림의 미학으로 나만의 시간을 가져보는 것이 꼭 필요한 시대입니다.

요즘 많은 사람이 세상은 좋아졌는데 행복하지 않다고 합니다.
저마다 이유가 있겠지만, 큰 욕심 안 부리고 작은 것에 만족할 줄 알고 긍정적인 생각으로 건강하게 살아간다면, 그것이 바로 가치 있는 진정한 행복이 아니겠습니까?
산속에 핀 철쭉도, 진달래도 화사함을 뽐내지만, 그것을 단순히 꽃으로만 보고 그냥 스쳐 지나간다면 아름다운 꽃의 자태도 향기도 맡을 수 없게 되는 것입니다.

하산하는 중에 길가에 옥수수를 파는 할머니가 있어, "할머니, 옥수수 한 개만 주세요. 많이 파셨어요?"라고 물었더니, 할머니는

"지금 파는 게 마수예요. 그냥 맛이나 보시오."라고 하면서 덥석 옥수수를 한 개 쥐어주었습니다.
옥수수 한 개에 대한 값을 드리려고 해도 이내 계속 사양하십니다. 그래도 어머님 같은 할머니가 옥수수를 팔고 있는 모습이 안쓰럽고 맛있는 옥수수를 먹은 대가로 감사의 마음을 담아 할머니의 손에 돈을 쥐어드렸습니다.
상쾌한 날씨와 더불어 깨달음이 있는 즐거운 산행이었고, 할머니의 따뜻한 마음씨는 덤으로 얻은 행복이었습니다. *

행복바이러스

영화관에서 〈관상〉이라는 영화를 본 적이 있습니다.
내용의 줄거리는 조선 시대에 얼굴을 통하여 앞날을 내다보는 천재 관상가가 조선의 운명을 바꾸려고 벌어지는 이야기로 '관상觀相' 이라는 큰 기둥을 중심으로 시대를 뒤흔든 역사적인 사건과 역사의 광풍 속으로 뛰어든 어느 한 사람의 기구한 운명, 그리고 뜨거운 부성애, 각기 다른 얼굴만큼이나 다양한 인간 군상群像들의 욕망까지 그려낸 작품입니다.
당대에 관상을 통하여 역모를 모의하는 자들을 걸러내고 사람의 심리를 읽을 수 있었다는 것이 참 흥미로울 수밖에 없습니다.

'여의길상如意吉祥'은 '항상 길하고 상서로운 좋은 일들은 자기 의지에 달려 있다'라는 말로서, 좋은 일을 생각하면 좋은 일이 생긴다는 것을 의미합니다.

중국 당나라 후기에 사신인 마의선사麻衣禪師는 주로 삼베옷을 즐겨 입었는데, 그는 천문·지리·주역·기문·둔갑·명리 등에 통달하였다 합니다.
그런 그가 50살이 넘어서 아들 둘을 낳았는데, 늦게 본 자식인지라 금지옥엽으로 키웠다 하는데, 어느 날 문득 보니 열 살이 훌쩍 넘은 소년이 되었기에 사주팔자로 아이들의 장래를 감정해 보기로 하였다 합니다.
그랬더니 큰아들은 재상이 되고, 작은아들은 거지가 되는 것으로 나타났는데, 아이들을 불러 놓고, 운명 감정의 결과를 이야기했다 합니다.
"첫째야, 너는 이다음에 나라의 재상이 될 팔자이니 열심히 공부하여라. 둘째야, 너는 거지 팔자를 타고났으니 그냥 놀고 잘 먹기나 하여라! 이 아비가 틀린 적이 한 번도 없으니 너희도 사주팔자대로 사는 수밖에 더 있겠느냐."
거지 팔자라는 소리에 충격을 받은 작은아들은 '거지 팔자라면 집에 있을 필요가 없지 않은가'라며 아버지에게 작별 인사를 고하고 노잣돈 몇 푼을 받아 가지고 세상 속으로 나갔다 합니다.
그러던 어느 날 가졌던 돈이 다 떨어졌고, 아버지의 말처럼 거지 노릇을 할 수밖에 없게 되었다 하는데, 얻어먹을 곳을 찾다가 큰 부잣집 하나를 발견했고, "밥 좀 주세요."하고 구걸을 하여, 게 눈 감추듯 밥 한 그릇을 비웠지만, 다음 끼니가 또 걱정되었다 합니다.

그때 시끄러운 소리가 들려오기에 돌아보았더니, 들에 나가 일하던 머슴들이었다 하는데, 잠자리, 먹을거리 걱정을 하지 않는 그들이 부러웠답니다.
그래서 머슴이 되기로 작정하고 주인에게 간청하여, 그날부터 부지런하고 성실하게 일을 하였다 합니다.

2년쯤 지났을 때 주인이 곳간지기로 발탁을 하였고, 그는 더욱 열심히 일을 했습니다.
이에 감동한 주인이 무남독녀인 자기 딸과 혼인을 시키려 하였고, 둘째 아들은 부모님께 허락을 받으려고 옛집을 다시 찾아갔다 합니다.
그동안 둘째 아들이 살았는지, 죽었는지 소식을 몰라서 애태우던 마의선사는 늠름한 청년으로 성장한 둘째 아들을 보고 매우 놀랐다 합니다. 둘째의 얼굴이 재상감으로 변해 있었기 때문입니다.

거지 팔자를 타고난 둘째 아들은 자신의 노력으로 나중에 재상까지 하게 되었답니다. 한편, 재상이 될 팔자라고 했던 큰아들은 늘 방탕한 생활을 즐겼으며 결국 나중에는 거지가 되었다 합니다.
거지가 된 큰아들의 얼굴은 이미 거지가 될 상象으로 변해 있었다. 합니다.
마의선사는 후세를 위해서 다음과 같은 교훈을 남겼습니다.

"사주불여신상四柱不如身相하고, 신상불여심상身相不如心相이다."
즉, "사주四柱는 신상身相보다 못하고, 신상身相은 심상心相보다 못하다."

결국, 심상心相이 가장 으뜸이라고 결론을 지었습니다.
근대 범죄학의 아버지라고 불리는 롬브로조Lombroso, Cesare는 그의 저서 ≪범죄인론≫에서 범죄인에 대하여 생물학적·인류학적 연구를 행하였고, 범죄자는 일정한 신체적 특징이 있다는 '생래적 범죄인'을 주장한 바 있습니다.
이 역시 같은 맥락으로 사람의 신체의 일부분을 통하여 일정 부분 특정한 부류의 사람에게 일반적인 특징이 있다는 것을 강조한 이론이라 할 수 있습니다.

모 대기업 회장이 신입사원을 뽑을 때 관상쟁이를 대동했다는 유언은 많이 알려진 사실입니다.
회장은 인재의 중요성을 설파하면서 사람이 많다 보면 개중에는 반드시 조직에 해를 끼치는 사람이 있다는 사실도 더불어 알게 되었다며, 사장을 시킬 사람 또는 요직에 등용할 사람, 신입사원들을 선별함에 있어 관상학적 측면에서 하자가 없는지 보게 되었다는 것입니다.

살다 보면 무수히 많은 사람을 만나게 됩니다.
그런 사람들의 일 면목을 보면 대단한 사람도 있고, 수수한 사람도 있지만, 가장 그 자리에서 빛이 나는 사람은 아마도 편안한 얼굴로 가볍게 웃음을 띠며 적당하게 유머가 있고 좌중의 분위기를 이끌어 가는 그런 사람들이 단연 돋보이는 사람인 경우가 많았습니다.
웃는 얼굴에 침 못 뱉는 다는 말이 있지 않습니까?
≪이솝우화≫에서 '태양'과 '북풍'이 힘자랑을 하는 이야기가 있습니다.

'북풍'이 '태양'에게 이렇게 으스댔습니다.
"내가 강한 것은 보나마나지. 저기 코트를 입고 가는 노인이 보이지? 내가 자네보다 먼저 저 노인에게서 코트를 벗겨볼 테니, 두고 봐."
태양은 잠시 구름 뒤에 숨었습니다. 북풍은 기세 좋게 불어댔습니다. 그러나 북풍이 세차게 불어오면 올수록 노인은 더욱 코트 자락을 쥐고 몸을 감쌌습니다. 북풍은 마침내 기진맥진하여 바람을 그치고 말았습니다.
이번에는 태양이 구름 사이에서 얼굴을 내밀고 방글방글 웃기 시작했습니다. 곧 노인은 이마의 땀을 닦고 코트를 벗었습니다.

태양의 부드럽고 친절한 방법은 힘으로 대결하는 방법보다도 훨씬 효과가 있다는 교훈을 보여주는 우화입니다.
'걷어차인 고양이 효과'라는 사회적 현상이 있는데, 걷어차인 고양이 효과는 재미있는 우화에서 유래되었습니다.

한 기사騎士가 저녁 만찬에서 주인에게 꾸중을 들었습니다.
그는 매우 화가 난 채 자신의 집으로 돌아왔고 제시간에 자신을 맞이하지 못한 집사에게 한바탕 화를 냈습니다.
집사는 주인에게 꾸지람을 들은 것에 울화가 치밀어 집으로 돌아온 후 별것 아닌 이유로 자신의 아내에게 한바탕 욕을 하였습니다.
억울한 아내는 아들이 침대에서 시끄럽게 뛰어다니는 것을 보고 아들의 뺨을 한 대 때렸습니다.
그 후 뺨을 맞은 아들은 기분이 극도로 나빠서 방 안에서 돌아다니던 고양이를 발로 찼습니다.

심리학자들은 이 우화가 전형적인 감정의 전염을 묘사하고 있다고 합니다. 문제는 사회적 지위가 높은 사람이 낮은 사람에게 또는 강자가 약자에게 많이 전달된다는 데 있습니다.
결국 감정을 발설할 곳이 없는 최약자가 희생자가 되는 셈입니다.
이런 감정 전달 현상은 우리 생활 속에서 흔히 찾아볼 수 있습니다.
한 사람이 자신의 나쁜 감정을 전달합니다. 또한 종종 자신보다 약한 사람이나 사물에 화풀이하면서 아무 까닭 없이 화를 낼뿐만 아니라 약자 앞에서는 강하고 강자 앞에서는 약해지는 모습을 보입니다.

우리 생활 속에서도 걷어차인 고양이 효과는 얼마든지 있을 수 있습니다.

사무실에서 상사에게 꾸지람을 심하게 들은 사람이 울화가 치밀어 오른 상태에서 집에 돌아와서 아무 말 없이 거실에 앉아 있다면, 얼굴에서부터 화가 잔뜩 난 모습을 본 가족들에게 나쁜 감정을 전염시키게 되고 그로 인해 가족들이 불안감에 휩싸이게 됩니다.
일상생활에서 만나는 모든 사람은 각기 다른 상황에서 감정이 표정, 언어 등을 통하여 자신도 모르는 사이 상대에게 전달됩니다.
우리는 자신의 감정을 조절하는 것을 배워 나쁜 감정을 다른 사람에게 전염시키지 말아야 합니다. 나쁜 감정의 바이러스 전파보다는 행복의 바이러스를 전파하면 사회의 모든 구성원의 삶이 더욱 행복해질 것입니다.

행복한 사람은 자신만의 목표와 방향을 가지고 있습니다.
그리고 그 목표를 이루는 과정에서 진정한 행복을 느낍니다.
다른 사람이 인정하는 기준에 맞춰 자기 자신을 변화시키거나 자신의 결점을 감추기 위해 일부러 포장할 필요는 없습니다.
자신이 원하는 대로 살아가면 됩니다!
그래야 진정한 행복을 찾을 수 있습니다.

행복하기 때문에 웃는 것이 아니라 웃기 때문에 행복해지는 것입니다. *

행복의 파랑새를 찾아서

아는 지인으로부터 회사 여직원의 안타까운 사연을 들었습니다.

그 여직원은 사귀던 남자 친구가 있었다 합니다. 수년간 사귀며 결혼까지 약속했었는데 사소한 말다툼으로 술을 먹고 크게 싸웠고 급기야 헤어지게 되었다 합니다.

그런데 크게 싸운 당일 엎친 데 덮친 격으로 큰 사건이 발생했고, 걷잡을 수 없는 결과가 발생하였습니다.

남자 친구와 심하게 싸운 그 날, 몸을 이기지 못할 정도로 술을 마시고 만취 상태에서 집으로 가기 위해 택시를 탔는데 그만 깜박 잠이 들었고, 택시 기사가 목적지에 도달해 그 여직원을 깨웠으나 일어나지 않아 파출소에 신고하였다 했습니다.

현장에 출동한 경찰관들이 술에 취해 잠들어 있는 여직원을 깨우자 그 여직원은 이성을 잃고 흥분된 상태에서 경찰관들에게 욕설하고 얼굴까지 때렸다 합니다. 급기야 그 여직원은 입건이 되었고 처벌까지 당하게 된 것입니다.

아직 미혼이고 인생이 구만리 같은 젊은 여직원에겐 법의 처벌을 받는다는 것이 겁도 났을 것이고 자신의 잘못을 뉘우치며 용서를 빌기엔 이미 상황은 돌이킬 수 없는 엎질러진 물이었습니다.
가만히 생각해 보면, 그 여직원이 경찰관에게 한 행동은 분명 그릇된 행동이고 자기관리를 못 한 잘못이 있지만, 당시 상황을 유추해 보면 안타까운 생각도 들었습니다. 한순간의 실수가 돌이킬 수 없는 결과를 초래한 것이기 때문입니다.

누구나 굴곡 없는 인생은 없습니다. 세상을 살다 보면 도저히 견딜 수 없을 것 같은 비참하고 괴로운 일과 마주치기도 합니다. 세상은 고통과 시련으로 가득하지만, 그것을 극복할 수 있는 일들도 가득합니다.
곰곰이 생각해 보면, 이 세상은 정말 고마움과 감사함의 연속입니다. 우리는 어쩜 숨 쉬고 살고 있다는 것만으로 감사해야 할지도 모르겠습니다. 남과 나의 삶을 비교하면 끝이 없습니다.
남보다 덜 가졌지만, 세끼 밥 먹을 수 있음에 감사해야 하고, 건강이 좀 안 좋지만, 그래도 걸을 수 있음에 감사해야 하고, 혼자 외롭다고 느낄 때, 그래도 나의 말에 맞장구쳐줄 수 있는 친구가 한 명이라도 있음에 감사해야 하고…….
감사해야 한다는 마음을 가지면 모든 것이 감사한 삶뿐입니다.
힘들고 어렵지만 '미움·원망·불행'이라는 찌꺼기를 '용서·이해·행복'이라는 불씨로 활활 태워버리시기 바랍니다.

행복은 연습할수록 느는 것이고, 행복은 삶의 습관이 됩니다. 행복한 삶은 단순한 만족감으로 충만한 상태만을 의미하는 것은 아닙니다. 행복한 삶은 비극·도전·불행·실패 그리고 후회까지 모두 포함하고 있습니다. 이러한 상황에서 우리가 어떻게 대처하느냐에 따라 불행해질 수도 있고, 행복해질 수도 있습니다. 행복은 사람의 훈련과 성장의 결과로 자연스럽게 누리는 것이지, 손쉽게 행운처럼 얻을 수 있는 것이 아닙니다.

〈파랑새〉라는 동화가 있습니다. '치르치르'와 '미치르'는 꿈에서 파랑새를 찾아 떠납니다. 결국 파랑새는 찾지 못하지만, 다음날 일어나 본인의 새장에 있는 비둘기가 파랑새라는 걸 깨닫습니다.
우리도 행복이라는 파랑새를 찾아 여기저기 헤매고 있습니다. 내게는 파랑새가 없다고 생각하지만, 분명 나만의 파랑새가 있을 것입니다.
거리를 나와 천천히 주위를 둘러보십시오. 해맑은 어린아이의 웃음소리에도 옷깃을 스치는 바람 소리에도 기분이 좋아질 때가 있습니다.
"행복의 문 하나가 닫히면 다른 문들이 열린다. 그러나 우리는 대개 닫힌 문을 멍하니 바라보다가 우리를 향해 열린 문을 보지 못한다."라고 헬렌켈러는 말했습니다.

결코 행복의 파랑새가 멀리 있는 것이 아닙니다. *

감정은행 계좌

Emotional Bank Account

직장생활을 하다가 간간이 야근한 적이 있었습니다. 그중 기억에 남는 한 직원이 있습니다. 그 직원은 교대 시간이 많이 남았는데 무려 30분이나 일찍 교대해주었고 "고생하셨다."라며 드링크 한 병을 건네주기까지 했습니다.

보통 정시에 교대하고 기계적으로 인수인계를 한 후 근무교대가 이루어지는 것을 감안하면 그 직원의 배려심에 무척이나 감동을 받았습니다.

'Give and take'라고 저도 다음 근무 타임에서 30분 일찍 교대해주었고 저 역시 정성껏 준비한 드링크 한 병을 건네며 마음에서 우러나오는 수고의 인사를 하였습니다.

그 직원도 저도 두 사람의 마음에 깊은 동료애가 자리 잡았고 서로 우연히 마주치기라도 하는 날에는 살갑게 인사를 건네는 사이가 되었습니다.

스티븐 코비의 저서 중 ≪성공하는 7가지 법칙≫의 내용 중에 '감정은행계좌Emotional Bank Account'라는 용어로서 인간관계를 이야기하고 있습니다. 평소에 신뢰가 쌓여있는 관계는 한두 번의 실수로 무너지지 않는다고 말하고 있습니다.

둘 사이에 형성된 감정계좌에 아직 충분한 신뢰가 남아 있기 때문에 한두 푼쯤 빠진다고 해서 계좌가 마이너스가 되지 않는다는 것입니다.

우리가 살아가면서 포인트 적립을 가장 많이 해야 할 곳이 어디일까요? 바로 인간관계일 것입니다.

은행에 돈을 넣어 두었다가 필요할 때 꺼내 쓰듯이, 인간관계에서도 평소 감정긍정적 상황을 적립해 두었다가 갈등이나 위기의 순간부정적 상황에 꺼내 쓰는 것이라고 했습니다.

인간관계에서 중요한 의미를 부여하지만, 가족 간에도 감정은행계좌는 더할 나위 없이 중요할 것입니다.

부부 사이, 부모자녀 사이에 문제가 생기면 '자주 보는 사이이니까, 가족이니까, 이해하겠지!' 또는 '그러다가 화가 풀리겠지?' 하는 생각을 가집니다.

부부싸움은 칼로 물 베기라고 합니다. 그러나 잘못을 인정하지 않고 화해하지 않고 치유하지 않는 부부싸움이면 그간 쌓아온 신뢰의 감정은행계좌는 마이너스가 될 것입니다.

무엇보다도 가족 간 포인트 적립은 중요한 것입니다. 적립된 포인트는 고사하고 마이너스 잔고가 넘치다 보면 부부 사이는 폭망하게 될 것입니다.
가족 간 신뢰의 포인트 적립이야말로 구성원들이 더없이 심혈을 기울여야 하는 이유인 것입니다.

가족은 기러기 떼에 비유할 수 있겠습니다.
과학 전문 학술지인 〈네이처〉에 발표된 연구 논문에 따르면, 기러기 떼들이 V자를 그리며 날아가는 이유는 힘이 덜 들기 때문이라고 합니다.
오랜 비행을 해야 하는 기러기들은 비행에 드는 에너지를 줄이기 위해 V자를 유지하며 고도를 낮게 나는 특성이 있다 합니다.
V자로 날면 앞에서 나는 새의 날갯짓이 뒤에서 나는 새에게 상승기류로 작용한다고 합니다. 이 상승기류를 이용하면 그만큼 뒤에서 나는 새는 앞에서 나는 새보다 힘을 덜 들이고 비행할 수 있게 되는 것입니다.
그러다 선두에서 나는 새가 지치면 뒤에서 날던 새가 자리를 바꾸어서 날아가면서 계속 V자 형태를 유지해주면 혼자 날 때보다 훨씬 더 멀리 날아갈 수 있게 된다고 합니다.

서로 앞서고 뒤서고 하며 장거리 인생에서 롱런하기 위해서 가족 구성원이 희생하고 단합하며 완급조절을 하며 살아가야 어떤 어려운 일이 있어도 이겨낼 수 있는 밑거름이 되는 것입니다.

독일의 대문호인 괴테는 "왕이건 농부이건 자신의 가정에 평화를 찾아낼 수 있는 자가 가장 행복한 인간이다."라고 했고, 톨스토이는 "모든 행복한 가정은 서로 닮은 데가 있다. 하지만 모든 불행한 가정은 나름 제각각의 다양한 이유로 불행하다."라고 했습니다.
또한 "가정에서 마음이 평화로우면 어느 마을에 가서도 즐거운 일들을 발견한다."라는 인도의 속담에서 가정의 소중함을 일깨워주고 있습니다.
그래서 가화만사성家和萬事成이라는 이야기가 나온 것 같습니다. *

브랜드를 가진 명품인생

거리를 다니다 보면 성공한 사람들의 이름 또는 이니셜initial로 된 식당의 체인점·상표·상품들을 많이 보게 됩니다.
업계에서는 유명세를 타고 있는 연예인들을 광고 모델로 이용하여 회사의 이미지도 부각시키고 기획 상품 등을 판매할 목적으로 계약을 하기까지 합니다. 대중의 인기를 이용한 일종의 판매 전략일 수 있을 것입니다.
반짝 인기를 끌던 연예인들의 인기가 시들어지면 다시 새로운 스타가 광고 모델로 등장하고, 신선한 아이템으로 대중에게 어필합니다.
유명인이 되기 위해 지속적으로 방송에서 얼굴을 알리고 누구나 알만한 공인이 되면 더욱더 자기 자신의 이미지를 부각시키기 위해 부단히 노력합니다.
그만큼 성공을 위한 자신만의 브랜드 가치가 중요한 시대가 된 것입니다.

몇 년 전 가족여행으로 홍콩을 다녀온 적이 있었습니다. 밤의 야경을 구경하기 위해 구룡반도에서 홍콩 섬을 바라보던 중 우리나라의 기업광고가 보였습니다. 삼성전자, 한국인삼공사의 정관장 간판이었습니다.
신기하기도 했고 반갑기도 했습니다. 당당히 우리나라를 대표하는 기업 광고판이 있다는 것은 홍콩에서도 우리나라의 제품을 인정하고 인기가 있기 때문일 것입니다.
그 당시 저는 대한민국 사람이라는 것이 자랑스러웠고 왠지 모를 뭉클한 마음에 눈시울이 뜨거워지기도 했습니다.

이제 세계에서 우리나라의 제품이 'made in korea'라는 공인된 표식으로 선진국과 당당히 어깨를 나란히 하고 있습니다. 국제사회에서 우리나라만의 브랜드 가치를 만들었고 경쟁력을 확보한 것입니다.
요즘 많은 사람이 카드를 사용합니다. 식사하거나 물건을 구입할 때 결재 수단으로 카드를 긁고 사인을 합니다.
저는 결재 시, 저의 이름으로 사인을 하기도 하지만, 언제부터인가 '**코끼리 작가**'라고 사인을 하기 시작했습니다. 생뚱맞다고요? 엉뚱하다고요?
저는 제가 코끼리 작가라는 예명으로 활동 중인 만큼 저 자신의 자존감을 높이기 위해 그렇게 사인을 하기 시작했습니다.
사인을 본 사업체의 많은 사장님이 "작가냐?"라고 물어봅니다. 저는 당당하게 "예"라고 답했습니다.
혹시 유치하다고 생각하는 분들이 있을 수 있겠지요? 그러나 저는 확실하게 이야기할 수 있습니다.
"자신을 사랑하지 않는 사람이 타인을 사랑할 수 없듯이, 자신에 대한 존귀함이 없는데 어떻게 남에게 존경을 받을 수 있을까요?"

세상의 중심은 바로 자기 자신입니다.

러시아의 대문호인 레오 톨스토이는 "사람들은 세상을 바꾸겠다고 곧잘 이야기하지만, 어느 누구도 자기 자신을 바꿀 생각은 하지 않는다."라고 이야기하였습니다.
과거의 잘못된 일에 대해 '과연 더 좋은 선택은 없었나'를 곱씹고, 숙련된 자신의 삶을 위한 묵은 고민을 이어 가시기 바랍니다.
언젠가는 값진 브랜드를 가진 '명품인생'이 될 것입니다. *

삶 속의 '플라시보 효과'

Placebo effect

아버지의 사업 실패로 중학교 학창 시절을 힘들게 보냈던 아픈 추억이 있습니다. 아버지는 공무원으로 퇴직하시고 지인들의 권유로 관광업을 하게 되었는데, 당시 IMF가 터지면서 회사가 부도가 나는 등 사업 실패에 이르게 되었습니다.
당시 저는 중학교 1학년 막 입학한 때였는데, 정말로 어려운 시기를 보냈습니다. 당장 학교 등록금도 내기 어려울 정도로 집안 형편이 어려워서 부모님의 경제 상황을 고려하여 제가 자구책으로 학비를 벌어야 할 상황이었습니다.

당시 중학교 1학년인 제가 할 수 있는 것은 신문 배달이었습니다.
새벽에 일어나 120부 정도 신문을 배달하는 고된 아르바이트였습니다.
대략 6개월 정도 했었는데 노력의 대가로 받은 아르바이트 비로 등록금을 겨우 내고 어렵게 중학교를 졸업했습니다.

그 당시 어린 제가 가장 견디기 어려웠던 것은 동급 학생들의 시선이었습니다.
흔히 영화나 자수성가한 사람들이 겪은 자서전에서나 볼만한 신문배달이 친구들의 시선엔 그저 집을 뛰쳐나와 불량배들과 어울려 다니고 오락이나 술을 사 먹기 위해 용돈을 버는 그러한 무리가 하는 아르바이트라는 인식이 있었기 때문입니다.
실제, 같이 신문 배달을 했던 친구 중에는 소위 '일진'으로 불리는 학생들도 있긴 했습니다. 새벽에 신문 배달을 하고 피곤한 몸으로 등교해서 수업을 듣고 있노라면 잠이 쏟아지기 일쑤였습니다.
저는 부모님의 경제적 형편이 좋지 않아 자발적으로 아르바이트를 한 것이었지만, 자칫 그때 제가 엉뚱한 마음이라도 먹었다면 아마도 지금, 제대로 된 인생을 살고 있지 않았을 거라는 생각을 해봅니다.

1960년대 미국 사회학자 하워드 S. 베커(1921~)가 연구한 '스티그마 효과'는 부정적인 낙인이 찍힌 사람이 실제로 그렇게 행동하게 되는 현상을 말하는데, 주변에서 어떤 사람에게 편견이나 부정적인 인식을 가지고 있으면 그 영향으로 대상은 점점 더 나쁜 행동을 하게 된다는 것으로, 특정인에 대한 부정적 인식이 악순환을 만들어 내는 것을 일컫는 말로 범죄학이나 사회학, 심리학 등 다양한 분야에서 사용되고 있습니다.
자신이 처한 상황을 긍정적으로 받아들이고 극복해 나가는 과정도 중요하지만, 상대방의 처지를 이해 못 하고 선입견과 편견으로 덧씌우는 행동은 한 사람의 인생을 망칠 수도 있습니다.
이렇듯 사람에 대한 스티그마Stigma, 낙인가 얼마나 인생에 영향을 주는지 우리는 잘 알고 있습니다.

우리가 잘 알고 있는 '플라시보 효과Placebo effect'에 대해 이야기해 보겠습니다.
플라시보 효과를 '위안제 효과'라고 하는데 미국의 의약 박사인 피케 박사에 의해 제기된 개념으로, 환자가 아무런 효과가 없는 치료를 받더라도 치료 효과를 기대하거나 믿으면 병의 증상이 완화되는 현상을 말합니다.
이는 의사와 환자와의 잠재의식의 교환으로 병이 완치될 수 있다는 것을 보여주고 있는데, 의사가 특정 병을 앓고 있는 환자에게 간간이 "당신은 매일매일 좋아지고 있어요. 병이 완치될 수도 있으니 열심히 치료를 받도록 합시다."라고 했고, 이 의사의 지속적인 이야기로 환자의 잠재의식을 깨우다 보면, 어느 순간 환자가 '병이 곧 나을 거야! 나을 수 있어!'라는 내면의 긍정심을 불러일으키게 되고 마음의 위안을 가지면서 실제 환자의 병세가 많이 좋아지는 것을 목격하게 되었다 합니다.
우리가 살아가면서 일상에서도 이와 같은 일들을 경험해 볼 수 있겠습니다.

어떤 가수가 전날 감기 증세로 콘서트에서 노래를 부르기 불과 몇 시간 전 자신에게 '난 잘할 수 있어! 오늘 콘서트는 멋지게 마무리 될 거야!'라고 자신에게 긍정적인 주문을 외웠고 실제 그날 콘서트가 성황리에 마무리되었다 합니다.
처음 강단에 서는 강사가 긴장하여 자신이 하고자 했던 강의의 내용을 잊어버리고 있던 중, 자신에게 '난 잘할 수 있어! 긴장하지 말고 잘하자!'라는 주문을 외운 덕분에 강의를 무사히 마칠 수 있었다 합니다.
'마인드 컨트롤mind control'을 하면서 자신에게 주술을 외친 것입니다.

우리가 살아가면서 어렵고 힘든 일이 있을 때 자신에게 더 적극적이고 긍정적인 심리상태의 주문(암시)을 외워봅시다. 주문대로 모든 것을 극복하고 성취한 당당한 내 자신을 발견하게 될 것입니다.

설령 주문대로 이루어지지 않는다고 실망하지 마십시오. 그 순간만큼은 삶이 더 즐겁고 행복해질 것입니다.
"일을 꾸미는 것은 사람이지만, 그것이 이루어지느냐는 하늘에 달려 있다."라고 이야기한 삼국시대 촉나라의 재상宰相이었던 제갈량의 이야기처럼, 꿈을 꾸면서 도전하다 보면 하늘이 그 마음을 알아주고 탄복하여 언젠가는 꿈은 이루어질 테니까요.

넓고 광활한 바다는 수많은 강줄기가 만나서 이뤄지고, 강줄기는 작디작은 물방울들이 합쳐져서 생겨납니다.
사람들의 마음을 감동시키는 위대한 명화는 수백, 수천 번의 붓질을 통해 완성되고 좋은 여행은 다양한 순간이 쌓여 이뤄집니다.
인생 역시 한 걸음씩 걸으며 남긴 발자국이 이어져서 비로소 그 모습을 드러내게 됩니다.
한 번에 한 걸음씩 나아가지 않고서 어떻게 눈부신 업적을 이루겠습니까?
성공은 작고 일상적인 것들이 모이고 쌓여서 위대함을 이루는 법입니다.
언젠가는 꿈은 이루어집니다!

"대한민국! 짝짝짝! 꿈은 이루어진다. ~~" *

나답게 사는 인생

지인의 손에 이끌려 교회 간 적이 있습니다. 예배당 안에는 많이 신도들이 예배를 드리고 있었습니다. 그중 낯익은 얼굴이 보였습니다.

그분은 지역구 국회의원 선거에 출마할 유력 후보자였습니다. 제가 알기로는 그분은 종교가 기독교가 아닌데 교회에 나와서 예배를 드리고 있었던 것입니다.

저는 문득 그분을 보면서 궁금증이 들었습니다. '지역구민들에게 한 표를 얻을 목적으로 온 것일까? 살면서 힘든 일이 있어서 유일신에게 강구하기 위해 온 것일까? 아니면 다른 이유가 있어서 교회를 찾은 것일까?'

머리를 조아리고 있는 그분의 모습을 보면서 '저렇게까지라도 해야 하는 것인지' 쓴웃음이 나왔습니다.

매년 선거철에 흔히 볼 수 있는 광경입니다. 제가 추호도 국회의원이나 기타 관변 선거에 출마할 후보자나 교회를 다니는 분들을 폄

하할 생각은 없습니다. 그건 그분만의 진풍경은 아닐 것입니다.

많은 사람이 사회의 일을 탐닉하고 소위 회개도 하면서 종교 생활을 하고 있는 많은 부류의 사람들이 있을 것입니다.
다시 말해, 자신의 개인적인 속마음을 숨기면서 사회의 관습이나 규칙을 준수하기 위해 위선적인 가면을 착용하고 착한 척, 성실한 척하는 이미지를 보여줘야 하는 페르소나의 이중적 삶을 살고 있는 많은 사람이 있다는 것입니다.
우스갯소리로 그 지역에 술집이 많은 동네에는 교회가 많다는 말이 있습니다.
고관대작高官大爵들이 전날 유희遊戲들과 진탕 술을 먹고 파렴치한 행동을 하다가 날이 밝으면 자신의 삶을 반성하기 위해 교회를 찾았고 그래서 교회가 우후죽순처럼 많이 생겨났다는 유머 같은 이야기 말입니다.

모 방송국의 '복면가왕'이라는 프로가 있습니다.
사회의 다양한 분야에서 일하는 연예인을 비롯한 많은 사회적 저명한 사람들이 복면을 쓰고 노래를 부르면서 얼굴을 감추고 자신이 부르고 싶은 노래를 대중들에게 마음껏 부릅니다. 그리고 복면의 얼굴이 벗겨질 때 대중들은 환호합니다.
'저 사람에게 저런 노래 실력과 끼가 있었어?' 하고 많이 놀라고 의아해합니다.

복면이라는 마스크 하나에 숨겨진 자신의 내면의 끼를 숨겨오다 기회가 되어 외부에 발산하고 자신의 재능을 널리 알린 것입니다.
인생을 살아가면서 자신의 치부를 드러내고 싶지 않을 때가 있습니다. 자신이 하고자 하는 일은 많은데, 타인을 의식하여 하지 못하는 경우가 많습니다.

"우리가 모든 사람을 만족시킬 수 없는 까닭은 우리가 모든 사람은 아니기 때문이다."

이 말은 이탈리아의 가장 위대한 시인인 단테의 〈신곡〉에 나오는 구절입니다.
모든 사람을 만족시킬 필요는 없습니다.
우리는 수많은 사람과 더불어 살아가며 사회를 구성합니다. 그런데 사회 구성원들은 저마다 다른 각도로 문제를 보고 해석합니다. 당연히 만족하는 부분과 그렇지 않은 부분이 제각각 다를 수밖에 없습니다.
어떤 일을 결정할 때 원칙에 위배되지 않는다면 타인의 생각을 지나치게 신경 쓸 필요가 없습니다.
완벽해지기를 포기하는 순간, 남에게 완벽하기를 강요하거나 자기 자신이 완벽해지려 애쓸 필요가 없어질 것입니다.

우리는 모두 자신만의 개성을 가지고 있으며 다른 누구도 대신할 수 없는 가치를 지녔습니다.
모든 사람의 지문이 다 다르듯이, 조물주가 모든 인간을 각자 멋진 형상으로 만들어 주었으니, 다른 사람과 차별화된 자신만의 강점이 있을 것입니다.
지금부터라도 자신만의 특화된 멋진 인생을 오롯이 누리는 법을 배워 보십시오.
자신이 하고자 하는 일을 나답게 하는 것이 중요하다는 생각입니다.
'나는 과연 누구인가?'라는 질문을 던지고 이에 대한 답을 찾아야 합니다.
우리는 거짓으로 꾸며진 나 자신의 욕구를 만족시키기 위한 행위를 합니다. 이것이 '페르소나'입니다.

'페르소나'는 고대 그리스 연극에서 배우들이 쓰던 가면인데, 사람person, 성격personality 등의 어원이 되었습니다.
내면의 진정한 자아를 내버려 두고 사회에서 원하는 역할에 가면을 쓰고 살아가는 위선적인 사람들을 풍자하는 의미로 사용되기도 합니다.
진실된 삶이 아닌 가식적인 삶을 살아가고 있는 사람들이 너무 많습니다. 자신의 진짜 모습을 찾지 못하면 결코 삶은 행복해질 수 없습니다.
선생님은 선생님 '답게', 공직자는 공직자 '답게', 연예인은 연예인 '답게', 학생은 학생 '답게'… 모든 사람이 자신이 해야 할 일과 하지 말아야 할 일이 있습니다.

우리 사회를 이끌고 있는 누구나 다 알 법한 오피니언 리더 중에 가끔 자신의 위치를 망각한 채, 처해 있는 현실적인 상황이 참 엄중한데도 책임 있는 분들이 엉뚱한 일을 저질러서 비난을 받는 것을 보면 위기의식이라고는 찾아보기 힘들 때가 있습니다.
정正이나 부정不正이냐, 진실이냐, 거짓이냐를 가르고자 하는 말이 아닙니다.

'노련한 선장은 태풍을 만났을 때 파도를 보지 않고 바람을 읽는다'고 합니다. 어려운 시국에 대인은 눈앞의 이익만 보지 말고 바람을 잘 읽었으면 하는 생각입니다.
유튜버로 유명세를 탄 박막례 할머니는 이렇게 이야기하며 '나답게 사는 인생'을 강조한 적이 있습니다.

"남한테 장단 맞추지 말어! 북 치고 장구 치고 나 하고 싶은 대로 치다 보면 그 장단에 맞추고 싶은 사람들이 와서 춤추는 거여."

더불어 삶을 살아가면서 위선적이지 않고 겸손하면서 '나답게' 사는 인생이 중요하다는 생각입니다.
그것이 참다운 삶 아닐까요? *

나는 자연인이다

'나는 자연인이다'라는 TV프로가 있습니다.
TV 보는 것을 좋아하지 않지만, 이 프로만큼은 유독 자주 즐겨보고 있습니다. 많은 분이 한 번쯤은 봤을 프로로 특히, 중년 남자들에게 인기가 있는 프로그램입니다.
두 명의 개그맨이 우리나라 전국의 산이나 섬을 찾아다니며 거기서 거처를 정하여 살고 있는 분들의 자연스러운 삶과 인생을 조명하는 프로인데, 방송에 나온 분들의 삶에서 다양한 인생의 애환과 저마다 살아가는 산중의 생활을 에누리 없이 보여줌으로써 시청자들로부터 인기를 얻고 있는 게 아닌가 하는 생각이 듭니다.

처음 산에 들어오기까지 많은 어려운 과정이 있었고 육체적·정신적으로 힘든 상황을 극복하기 위해 자연으로 들어온 사람들이었습니다.
자연인 중에는 건강이 안 좋은 분들, 사업에 실패하여 부도를 맞고 극단적인 삶을 택하려고 했던 사람들, 자녀를 잃고 실의에 빠져서 힘든 삶을 잊어버리려고 산을 택한 사람 등 저마다의 사연을 안고 자연인이 된 사람들이었습니다.
처음에 자연으로 들어오려고 할 때 주위의 가족이나 지인들이 많이 만류하였고 자신도 잘 살아갈 수 있을지 망설였다 했습니다.
그러다 어려운 결정을 하고 막상 자연으로 들어와서 산속에 새·꽃·나무·강을 벗 삼아 살다 보니 오히려 도시에 있었던 것보다 더 편안하고 행복한 삶을 살고 있다고 했습니다.
처음 몇 달간은 사람이 그리워 많이 외로웠다고 했습니다. 그러나 자신의 거처를 직접 만들고, 먹을거리를 해결하고, 작은 텃밭에 농사를 지으면서 바쁘게 살다 보니 지금은 외롭지 않다 했고, 다시 도시로 나가라 하면 절대 나가지 않겠다고 하며 자연 속에서의 생활이 정착되어 오히려 좋다고까지 했습니다.

방송에 나오신 어떤 분은 아들이 두 명이 있는데, 자식 농사를 잘 지어 두 명 다 우리나라의 최고 학부(S대)에 다니고 있다 했습니다.
그리고 자신도 남부럽지 않은 직장에 다녔고 임원까지 역임했다 했습니다.
사랑하는 가족과 안정적 직장생활을 뒤안길로 남겨둔 채 자연인이 된 것입니다. 그분이 왜 산속에 들어와 있는지 궁금했습니다. 그분의 대답은 이러했습니다.
가족들에겐 훌륭한 가장이 되려고 정신없이 살았고, 직장에서는 능력 있는 샐러리맨이 되려고 열심히 일했으며, 하루하루 바쁘게 살다 보니 세월이 어떻게 지나가는지도 모르게 빨리 흘러가서 어느덧 50대 중반을 바라보는 나이가 되었고, 어느 순간 자신의 인생은 없다는 생각이 들었다 했습니다. 그래서 모든 것을 놓아두고 산속을 택한 이유라 했습니다.
돈도 벌 만큼 벌었고 명예도 얻을 만큼 얻었고 자식들도 다 잘되었는데, 돌이켜보니 '자신의 인생은 뭐지' 하는 생각이 들었다는 것입니다. 그 이후 그 깨달음으로 말미암아 모든 것을 내려놓았다 합니다.
사랑하는 가족도, 직장도, 돈도… 모든 것을 내려놓으니 마음이 편해졌다고 했습니다.
산속에 들어와서 해보지 않았던 농사도 지어보고, 손수 밥도 해 먹으면서 자연을 벗 삼아 살다 보니 너무 행복하다 했습니다.
별도 보이고 달도 보이고 새의 울음소리도 꾀꼬리 같은 소리로 들려오기 시작했답니다. 자연 속에서는 잃을 건 없고, 얻는 것만 있다 했습니다.

자연이 주는 풍요로움에 건강도 좋아지고 새 삶을 얻은 것 같다는 이야기였습니다. 도시에도 별도 있고, 달도 있는데 그때는 왜 그것이 보이지 않았을까요?
너무 바쁘게 사는 도시인들에겐 그런 낭만이 없었던 것입니다.
'나는 자연인이다'를 좋아하는 분들의 마음속 기저에는 '내 주변에 가족이나 친구 등 많은 사람이 있지만, 은연중에 외로움이 있다. 어차피 인생은 홀로서기이고 빈손으로 왔다 빈손으로 가는 인생이니, 외로울 수밖에 없다'라는 생각이 마음 한편에 자리 잡고 있어서 기회가 된다면 방송에 나오는 자연인처럼 자연 속에서 사는 것을 꿈꾸고 있을 거라는 생각이 듭니다.

많은 사람의 기저에는 성공보다 행복을 우선순위에 두고 있을 것입니다. 그렇지 않으면 성공이 오히려 행복을 파괴할 수 있기 때문입니다.
"나의 사전에는 불가능은 없다."라고 말하며 전 유럽을 뒤흔들었던 불세출의 영웅인 나폴레옹이 그 어떤 통치자보다도 훌륭한 업적을 세웠으며, 영예·권력·재물 등 보통 사람이 추구하는 모든 것을 손에 넣었는데도 정작 자신은 '평생 행복했던 시간을 합치면 불과 한 시간 정도'라고 하지 않았습니까?
실제로 우리가 아는 성공한 사람 중 대다수가 대단해 보이는 겉모습과는 달리 내면적으로 굉장한 결핍감을 안고 살아가고 있다 합니다.
가족과 관계가 소원하거나 배우자와 갈등을 겪거나 말 못 할 중병을 앓고 있어서 당장 내일 아침 눈 뜨는 일이 걱정인 사람도 있을 것입니다.
또 어떤 이는 방탕한 생활에 젖어 사느라 자기도 모르는 사이에 몸과 마음을 망치기도 합니다.

남들보다 훨씬 나은 경제적 여건을 갖추었지만, 한편으로는 내면의 공허함 역시 굉장히 심각하고 골이 깊을 수 있습니다.

보이는 게 다가 아닙니다!

저는 등산을 좋아해서 간간이 지인들과 등산을 합니다. 북한산·수락산·청계산·아차산 등 산의 수려함에 시간이 허락된다면 건강과 삶의 여유를 위해 산을 오릅니다. 등산 중에 많은 등산객을 만납니다.
대다수가 건강을 위해 등산을 하지만, 어떤 분들은 무료함을 달래기 위해 산악회를 가입하여 주기적으로 산행을 하는 사람들도 있습니다.
산악회 사람들과 정보도 공유하고 일상의 삶에 대하여 이야기도 나누고 준비한 음식을 나누어 먹으면서 하루를 보내는 것이 외로움을 풀 수 있는 유일한 낙일 수도 있다는 생각이 듭니다.
모르는 일행들과 산행을 하다 보면 나이, 직업 등을 물어보기 전에는 무엇을 하는 사람인지 알 수 없습니다. 그런데 하산하여 식사 겸 반주를 한잔하면서 이야기를 나누게 되면, 그간 살아왔던 자신의 인생을 안주 삼아 말 보따리를 풀어 놓습니다.
그 말에 공감해주면 그제야 적나라하게 자신의 아픈 사연, 기구한 운명 등 참으로 말하기 어려웠던 개인사를 꺼내며 눈시울을 붉힙니다.

처음 겉모습만 보았을 때 전혀 예견 못 했던 그들의 삶에 대한 이야기를 듣고, 누구나 아픈 사연을 하나쯤은 안고 살아가는구나 하는 생각이 들었습니다.

그렇습니다. 지위 고하를 막론하고 가슴 아픈 사연이 없는 사람이 어디 있겠습니까? 누구나 완벽한 삶은 없는 것입니다.
같이 등산을 했던 일행 중, 70대를 바라보는 선배가 한 말이 뇌리에 박혀서 마음을 울립니다.

"사람은 누구나 다 외로운 거야! 외롭지 않게 보일 뿐이지! 너무 우울해하지 마. 그리고 삶에 대해 너무 걱정하지 마. 걱정을 해서 걱정이 없어지면 걱정이 없겠지." *

건강한 삶

저는 어릴 적 한적한 시골 마을에서 자랐습니다. 오염이 되지 않은 산골이라 개구리·가재, 심지어는 뱀도 자주 볼 수 있었습니다.
마땅히 놀거리가 없어서 제 또래보다 한두 살 위인 형들과 곤충을 채집하며 놀던 기억이 있습니다. 저는 개인적으로 뱀을 굉장히 무서워했고 지금도 그렇습니다.
그런데 같이 놀던 형들이 뱀을 잡아서 껍질을 벗겨내고 불에 구워서 먹곤 하는 모습을 보고 저도 호기심에 몇 번 형들이 주는 불에 구운 뱀을 먹은 적이 있습니다.
지금 같으면 상상도 하기 어려운 일이겠지만, 그때는 먹을 게 없어서 간간이 먹기도 했던 것 같습니다.

태국에 가보면 '몬도가네(기이한 행위. 특히 혐오성 식품을 먹는 등 비정상적인 식생활을 가리키는 의미. 1962년 세계 각자의 엽기적인 풍습을 소재로 한 이탈리아 영화 〈몬도 카네 Mondo Cane;이탈리아어로 개 같은 세상>에서 나온 말)'의 풍경을 많이 볼 수 있습니다.
시장 곳곳에 몸에 좋다는 보신용 음식·곤충·동물들의 장기 일부가 시장 곳곳에 진열이 되어 있는 것을 볼 수 있습니다.
우리나라 사람뿐만 아니라 범 아시아권에서 건강에만 좋다면 무엇이든 보신용 먹을거리를 많이 찾다 보니 그렇게 된 것 같습니다.

우리나라에서 보신 음식으로 많이 즐겨 찾는 음식 중에 보신탕이 있습니다. 특히 여름철에는 수요가 많아 공급이 달릴 정도로 많이 팔리기까지 하는 실정입니다.
그럼에도 일부에서는 이런 문화를 이해하지 못하고 혐오스럽게 생각하는 사람도 있을 것입니다.
프랑스의 야생 보호 운동가인 브리짓 바르도는 "개고기를 먹는 사람은 야만인이다."라고 이야기하였으며, 시내 곳곳에서 퍼포먼스까지 하며 보신탕 애호가들을 비난한 적이 있습니다.
그럼에도 보신탕에 대한 한국 사람들의 사랑은 여전한 것이 사실입니다.

신문 광고에서 우리에게 잘 알려진 D사의 드링크가 현재까지 팔린 것을 추정하면 지구를 몇 바퀴 돌았다며 국민의 사랑을 받고 있다는 광고 기사를 본 적이 있습니다.
피로회복에 좋다는 대대적인 광고로 우리나라 사람이라면 한 번 정도 안 마셔 본 사람이 없을 정도로 유명합니다.

피곤할 때 마시면 좋다는 맹신으로 실제 약효가 있는지 없는지, 사람마다 느끼는 효능은 천차만별이겠지만, 한 병 마시고 나면 피로가 확 풀린다고 하는 사람들이 많은 것은 어쩜 '플라시보 효과'인지도 모르겠습니다.
요즘 100세 시대를 이야기하며 저마다 건강에 대한 관심이 많습니다. 동네 여기저기서 많은 사람이 걷기, 헬스 기구를 사용하며 운동하는 모습을 많이 볼 수 있습니다.
점심시간 때는 부근의 회사원들이 점심을 일찍 먹고 만보기를 차고 공원을 산책한다든가 산보를 하는 모습은 이제 흔한 광경이 되었습니다.
또한 언제부터인가 모임이나 귀한 분들과의 식사를 위한 음식 및 장소에 대해서도 많은 변화가 보입니다.
옛날 어렵고 못살던 시대에 귀한 손님들을 접대할 때 배불리 먹게 하려고 고깃집에서 모임을 많이 가지곤 했지만, 지금은 건강에 관한 관심 덕분에 건강에 좋은 식단이 있는 한정식집을 모임 장소로 택하는 풍습으로 바뀌어 가고 있다 합니다.

"돈을 잃으면 조금 잃은 것이요, 명예를 잃으면 많이 잃은 것이요, 그러나 건강을 잃으면 전부를 잃은 것이다."

건강에 대한 강조는 아무리 해도 지나치지 않습니다.
늘 삶 속에 건강과 즐거움이 있기를 기원해 봅니다. *

익숙함에 속아 소중함을 잃지 말자

혼자서 청계산 등산을 한 적이 있습니다. 많은 등산객이 등산로를 따라서 산행하고 있었습니다. 저는 원터골 입구에서 매바위, 매봉을 거쳐 옛골로 하산하는 코스를 택하여 한걸음 발걸음을 내디뎠습니다. 혼자 가는 등산이라 급할 것도 없고 천천히 주변의 수려한 경치를 탐닉하며 천천히 코스를 따라 올랐습니다.

조금 걷다 보니 매봉으로 향하는 이정표가 보였습니다.

매봉으로 향하는 초입에서부터 돌계단이 보이기 시작했고 앞서가는 등산객을 따라 한 계단 한 계단 따라 올라가다 보니 이내 숨이 차서, 조금 쉬다가 다시 정상을 향해 계단을 오르기 시작했습니다.

중턱 매바위 부근에 다다르자, 많은 사람이 줄을 서서 기념사진을 찍고 있었습니다. 청계산에서 가장 경치가 좋은 장소라 많은 등산객이 지나치지 않고 사진을 찍고 가는 것 같았습니다.

매바위에서 정상 매봉582.5m까지 얼마 남지 않은 힘든 구간을 남겨놓고 많은 사람이 지쳐서인지, 한 줄로 서서 숨을 헐떡거리며 마지막 사력을 다하여 오르고 있었습니다.
저 역시 체력이 고갈이 되어, 앞 사람이 내딛는 발걸음을 표식으로 하여 뒤이어 따라서 걸었습니다. 마치 그림자를 밟듯이 말입니다.
그런데 문득 이런 생각이 들었습니다.
'누군가에 의해 잘 다듬어지고, 만들어진 길을 이탈하여 아무도 가지 않은 길을 걷다 보면 가시덩굴과 나무숲을 지나쳐 자신의 발자취를 남길 것이고, 그 발자취를 또 다른 사람이 걷다 보면 자연스레 길은 만들어지겠지만 아무도 가지 않은 길은 없다. 다만 내가 처음 가는 길일뿐이다.'
많은 이들이 그 길을 지나쳤을 수 있고, 또 많은 이들이 거친 호흡을 내쉬며 그 길을 지나갈 것입니다. 그리하여 어느 순간 그 길은 모두에게 익숙한 길이 될 것입니다.

우리는 익숙함에 속아 소중함을 잃지 말아야 하겠습니다.

세상에서 가장 아름답고 소중한 것은 보이거나 만져지지 않습니다. 단지, 가슴으로만 느낄 수 있습니다.
시간의 소중함·건강의 소중함·행복의 소중함·기타 등등…… 우리에게 가장 익숙하기도 하지만, 소중한 시간은 '지금'입니다.
지나버린 과거에 집착하지 마십시오. 미래에 대한 불안감과 걱정으로 우울해하지 마십시오.
'지금' 이 순간! 최고의 하루가 되시길 응원하겠습니다. *

성공의 길로 이끄는 악역

'코로나19'의 확산으로 대학생이 된 딸이 집에서 온라인으로 수업을 듣게 되면서 집에 있는 시간이 많아졌습니다.
외부활동을 자제하고 집에서 보내는 시간이 많다 보니 자신의 방에서 나오지 않고 공부를 하다가 심심하면 TV를 보는가 하면, 집 안에 있는 헬스 기구를 이용하여 운동도 하면서 다람쥐 쳇바퀴 돌 듯이 하루하루 보내고 있었습니다.
자연스레 먹을거리도 배달을 통해 음식을 시켜 먹는 날이 많아졌고요.
어느 날, 딸의 방에 음식 포장지 등 쓰레기가 모아져 있는 것을 발견하였습니다.
특수한 상황으로 학교 가지 않고 집에서 보내는 시간이 많다 보니, 얼마나 딸이 힘들고 지루할까 하는 생각을 하니, 안쓰러운 생각이 들었습니다.
딸도 대학생이 되어 친구들과 한참 놀러 다녀야 할 때인데, 집 안에만 있어야 하는 자신이 답답하고 지쳐 보였습니다.
딸의 심정과 입장을 이해하고 안쓰럽긴 하지만, 그래도 딸이 매너리즘에 빠지고 나태해지지 않게 하기 위해 딸에게 "방 청소를 잘하고 계획을 세워서 하루하루 알차게 보내라!"고 잔소리를 늘어놓았더니, 딸은 이내 투덜거리면서 방으로 들어가 버리는 것이었습니다.
하물며 저의 딸도 아버지가 하는 잔소리를 듣기 싫어하는데, 남은 어떨까? 하는 생각이 들었습니다.

살면서 상대방의 잘못된 점에 대하여 선의적으로 잘되라고 해준 조언이었는데도 그걸 자신에 대한 비난으로 치부하는 사람이 많은 것이 현실입니다.
듣기 싫은 지적보다 칭찬이 더 나을 수 있겠지요? '칭찬은 고래도 춤추게 한다'는 말이 있지 않습니까?
살다 보면 칭찬만 하고 살 수는 없을 테고, 사람이 완벽할 수는 없으니 시의적절할 훈계, 꾸지람도 해야 하는데 그냥 상대가 싫어할 것 같으니 적당히 혼자만 알고 지나치기 십상인 경우가 많습니다.
그러다 보니 상대방이 잘못하고 있는 것을 알면서도 모르쇠로 눈감아 버리고 모른 체하게 되면서 상대방도 자신이 잘못하고 있는 것을 인지하고 있음에도 덤덤하게 만성이 되어 적당히 넘어가게 되고, 나아가서 잘못된 행위가 재차 반복되는 악순환이 거듭되는 것입니다.

사람은 자신이 과거에 내렸던 결정이 잘못되었다는 걸 알더라도 그 결정을 계속 합리화하려 드는 성향이 있다고 주장한 ≪설득의 심리학Influence≫의 저자 로버트 치알디니Cialdini, 1945. 4. 27. ~ / 미국의 대학 교수·심리학자·작가 교수는 이것을 '일관성의 법칙commitment consistency'이라고 명명한 바 있습니다.
'일단 어떤 입장을 취하게 되면 그 결정에 대한 일관성이라는 심리적 압력에 따라 사람들은 자신의 감정이나 행동들을 결정된 입장을 정당화하는 방향으로 맞춰 나가게 된다.'라는 이론을 설명하는 법칙입니다.
이러한 일관성의 법칙이 지켜지는 이유는 일관성을 유지하는 것이 사회적 미덕이기 때문이고, 일관성을 벗어나 행동하거나 말을 했을 때 받아야 하는 사회적 비난에 대한 두려움이 일관성을 유지시킨다는 것입니다.
이 법칙은 마케팅 분야에서 많이 응용되고 있는 법칙이기도 합니다.

어릴 적 학교에서 주관하는 백일장 대회에 나가서 가족에 대한 주제로 글을 쓴 적이 있었습니다. 그 당시 사실과 다르게 가족에 대한 화목한 일상을 표현하며 그 누가 봐도 부러워할 만한 내용으로 글을 썼던 기억이 있습니다.
실상은 그렇지 못했는데, 그 글을 본 친구들은 그런 저에게 시샘을 보냈고 더 나아가서 아들과 잘 놀아주는 어머니, 용돈을 많이 주는 아버지, 부모님에 대한 미사여구와 하지도 않은 일상들이 계속 거짓말에 거짓말로 이어지게 되었던 부끄러운 기억이 있습니다.
그 당시 우리 집은 아버지의 이직으로 힘들었고, 경제적으로 어려움이 많아 가족 구성원들이 힘든 시기를 보내고 있던 때였습니다.
실제와 반대로 마치 제가 희망하고 있던 가족에 대한 그리움과 희망 사항을 빗대어 글로 썼던 것이었습니다.
'일관성의 법칙'에 견주어 인간에게 그런 심리기제가 작용하는 경우가 많을 수 있다는 생각입니다.

우리는 살아가면서 악역을 담당해야 할 때가 있습니다. 그 악역은 타인을 비방하고 잘못된 길로 인도하는 악역이 아니라 잘못된 것을 보면 가차 없이 쓴소리로 지적해주고 바른길로 인도해주는 악역이 필요할 것입니다.
그로 인해 당사자는 자신의 잘못을 깨닫게 되고 더 나아가 그릇된 행동과 실수가 반복되지 않도록 유도해주어 온전한 사회 구성원으로 나아갈 수 있도록 가교 역할을 해주는 중요한 메신저가 되는 것입니다.

마음에도 없는 형식적 칭찬보다 진심어린 충고와 지적이 그 사람을 더 발전시키고 더 성공하게 만드는 길이라는 생각입니다. *

죄수의 딜레마

오랜만에 수사기관에 근무하는 친구와 저녁을 먹게 되었습니다. 그 친구는 수십 년간 조사업무를 담당한 수사의 베테랑이었습니다. 그간 많은 사건을 조사하면서 다양한 경험을 한 사례를 들려주었고 듣는 내내 흥미로웠습니다.

친구는 사건의 공범을 조사할 때 사람의 심리와 인격이 표출되는데 의외로 그럴 것 같지 않은 사람이 자신만 살려고 상대방에게 죄를 덮어씌우고 자신은 잘못이 없다고 오리발을 내미는 모습을 종종 보게 되었다 했습니다.

즉, 평소에는 둘이 없으면 못 살 것 같이 하다가도 자신에게 불리한 상황이 되면 언제 그랬냐는 듯이 180도로 확 바뀌어 본색을 드러내는 사람들을 보면 씁쓸함을 넘어 연민의 정까지 든다고 했습니다.

'죄수의 딜레마'라는 사회적 현상이 있습니다. 죄수의 딜레마는 두 사람의 협력적 선택이 둘 모두에게 최선의 선택임에도 불구하고 자신의 이익만을 고려한 선택으로 인해 자신뿐만 아니라 상대방에게도 나쁜 결과를 야기하는 현상을 말합니다.
죄수의 딜레마 또는 '수인囚人의 딜레마'라고도 불리는 이 현상은 1992년 미국 프린스턴 대학교의 수학자 앨버트 터커Albert W. Tucker가 게임이론을 설명하는 강연에서 유죄 인정에 대한 협상을 하는 과정에서 죄수의 상황을 적용하게 되면서 죄수의 딜레마라는 이름이 붙여졌다 합니다.

당시 상황으로 경찰은 독방에 수감된 두 공범에게 동일한 제안을 합니다. 공범 둘 다 묵비권을 행사한다면 양쪽 모두 6개월만 복역하게 되고, 반면에 둘 다 자백하는 경우는 모두 징역 2년 형에 처하게 됩니다.
하지만 어느 한쪽만 자백하고 다른 한쪽이 묵비권을 행사한다면 자백한 사람은 풀려나고 묵비권을 행사한 사람은 징역 5년을 살아야 합니다.
결과적으로 경찰의 제안에 두 범죄자는 모두 자백을 하게 됩니다. 상대방이 묵비권을 행사하고 자신이 자백하면 자신이 유리하고, 상대방이 자백하고 자신이 침묵하면 자신이 불리하기 때문입니다.
서로 자백하지 않을 것을 믿고 협력하면 6개월만 살면 되지만, 서로를 믿지 못하고 자신에게 유리한 조건만을 선택할 경우 최선의 결과는 발생하지 않는다는 것을 보여주는 '선택의 딜레마'라고 할 수 있겠습니다.
우리는 인생을 살아가면서 끊임없이 겪는 경쟁과 갈등 속에서 어떤 선택을 할 것인지 고민합니다. 그때 가장 효율적이고 합리적이면서 서로에게 피해를 주지 않고 서로가 윈윈win-win할 수 있는 방안이 있다면 얼마나 좋을까 하는 생각이 듭니다.

희생과 양보하는 자가 곧 패배자는 아닙니다. 우리는 지고도 이기는 게임을 해야만 합니다. 그것이 적을 만들지 않고도 승리하는 방법이 아닐까 하는 생각을 해봅니다.
세상을 살다 보면 '10명의 친구보다 1명의 적이 더 무서울 때가 있는 법'입니다.

고사성어에 치폐설존齒弊舌存이라는 말이 있습니다.
'혀는 오래 가나 이는 억세어서 부러진다'는 의미입니다.
주먹보다 부드러움으로 사람을 대하면 돈독한 정으로 돌아온다는 뜻으로, '부드러움'이 '억셈'을, '약함'이 '강함'을 이긴다는 것입니다.
삶 속에서 '부드러움이 능히 강한 것을 꺾는다'는 평범한 이치를 깨닫고 실천하는 우리가 되었으면 합니다.*

나는 누구인가

모 방송국에서 일명 '김신조 사건'으로 알려진 '1.21 무장공비 침투 사건'에 대한 방송에서 당시 사건 현장에서 투항하여 생포된 김신조현 원로목사 씨의 이야기를 들었습니다.
그는 그때의 사건을 회상하며, 자신이 청와대를 습격하기 위해 침투하다가 주민의 신고로 우리 군에게 쫓기는 과정에서 산속 바위 틈에 숨었는데, 그때 국군 현장 지휘관이 수차 투항을 권유하였는데도 끝까지 투항하지 않다가 빗발치는 우리 군병력의 총탄 세례에 자폭하기 위해 수류탄의 핀을 뽑으려는 순간 잠시 '나는 누구인가?'라는 생각이 들었다 합니다.
북 특수부대 출신으로 지령을 받고 임무를 수행하러 왔지만, 죽음 앞에서 원초적으로 자신을 생각하게 되었다는 것입니다.

'나는 누구인가?' 임무 수행 실패에 따른 작전 지령의 일환으로 자신의 목숨을 초개草芥처럼 버릴 수 있는 절체절명의 상황이었지만,

자신의 고귀한 생명은 그 무엇과도 바꿀 수 없는 중요한 가치라는 생각이 들었다 합니다. 이내 손을 들고 투항, 현장에서 체포되었습니다.
그는 지금 종교인이 되어 목회 활동과 강연을 하면서 바쁘게 살아가고 있지만, 그때를 회상하면 지금의 삶은 덤으로 살고 있는 인생이라고 하였습니다.

출생·삶·죽음은 누구나 겪어야 할 중요한 과정입니다.
그런데 우리는 바쁜 일상사로 자신의 삶에 대해 돌이켜 보는 시간이 부족한 것이 사실입니다.
그냥 새해가 다가오고 또 한해가 마무리되고, 또 새해를 맞이하며, 그렇게 쏜살같은 화살처럼 세월의 흐름에 우리의 삶을 맡겨 놓고 있는 것 같습니다.

'나는 누구인가?' 이것이 거창한 명제인가요? 그렇지 않습니다.
한 번쯤 자신을 돌아보는 시간이 필요할 듯합니다.
내가 지금껏 살면서 실패와 좌절이 있었다면, 무엇 때문이었는지?
새로운 목표를 세우고 전략과 전술을 수정해 볼 필요가 있습니다.
하고 싶어도 할 수 없는 사정이라면, 후일을 기약하며 조금은 내려놔도 좋습니다. 기회는 한 번뿐이 아니잖아요? 일이 잘 안 풀릴 때는 때를 기다려야 합니다.

삶이란, 긴장과 쉼이 반복해서 공존하는 시간의 흐름입니다. 권투 선수로 말하면 3분 뛰고 1분 쉬고 해서 10라운드를 뛰는 것과 같습니다. 리듬에도 고음과 저음을 조화롭게 구사해야 훌륭한 음률이 만들어지는 것과도 같습니다.
그때가 오래간다고 조급해하지 마세요. 서두른다고 안 될 게 되는 게 아니잖아요? 그렇다고 인생을 너무 관조적으로 봐서도 안 됩니다.
우리의 인생은 단 한 번뿐이니까요. 한 번뿐인 인생을 그래도 좀 멋지게 살아가면 나쁠 건 없잖아요? 노력해 봐야죠. 나의 멋진 인생의 밑그림은 결국 내가 그릴 수밖에 없습니다.
그렇게 그리다 잘못된 게 있으면 다시 수정하고, 보완하다 보면 어느 순간 생각지 못한 더 훌륭한 작품이 만들어질 겁니다.
그게 '회복탄력성resilience'입니다. 실패하고 좌절해도 오뚝이처럼 다시 일어나 마음먹은 바를 끝내 해낼 수 있는 내면의 힘 말입니다.

조금 늦는다고 속상해하지 마십시오!
살아가면서 중요한 건 속도가 아니라 방향입니다.

자신을 믿으세요!
결국 세상의 중심은 나 자신입니다. *

원대한 꿈을 가지고 목적을 달성하기 위해 노력하는 것도 중요합니다. 하지만 작은 것 하나 하나를 지키면서 하루하루 성실히 사는 것이 더없이 중요한 것입니다.

Lesson 2
로
怒

악마는 디테일에 있다

우리는 하루하루를 너무 바쁘게 살아갑니다. 학생들은 새벽부터 늦은 밤까지 공부해야 하고, 직장인들은 온종일 일을 하고, 상인들은 손님들을 상대로 늦은 시간까지 장사를 합니다.

그렇게 바쁘게 사는 것은 오직 한 가지 이유일 것입니다. 바로 '잘 먹고 잘살기' 위해서입니다.

우리가 흔히 이야기하는 '잘산다는 것'은 아마 부지런하게 일해서 축적한 물질적 보상 때문일 것입니다. 다시 말해 잘산다는 것은 경제적으로 부유함을 의미합니다. 경제적 만족감이 우리를 행복하게 해주는 조건임에는 틀림이 없습니다.

아는 지인은 경제적 부를 쟁취하기 위해서 별별 짓을 다 해보았지만, 제대로 되는 게 없어 낙심하다 1주일에 로또를 몇 장 사는 게 그나마 유일한 낙이라고 하였습니다. 소위 '일확천금'을 노리는 것이겠지요.

돈이 많다고 행복할까요? 어떤 한 분은 평생 돈을 벌기 위해 최선을 다했고 얼마간의 부는 축적하여 먹고살 만해졌다 했습니다. 그러나 자신의 삶은 더 초라해졌고 참된 삶의 의미에 대해 고민하고 있다고 했습니다.
돈은 벌었지만, 그 돈을 벌기 위해 수단과 방법을 가리지 않고 한평생을 다 바친 자신의 영혼이 황망하기까지 하다 했습니다.

'악마는 디테일에 있다'라는 말이 있습니다. 숲만 보지 말고 나무도 보면서 작은 것에 정성과 노력을 기울여야 목적하는 바를 이룰 수 있다는 의미이기도 할 것입니다. 작은 일을 결코 가볍게 여기지 않는 마음의 태도가 중요합니다.

우리가 잘 알고 있는 '1:29:300 법칙하인리히 법칙'은 크고 작은 사고가 발생했을 때 원인을 해결하지 않고 방치하면 재난 수준의 큰 사고가 일어난다고 경고하는 법칙입니다.
즉, 사소한 사고의 조짐이 있었는데, 그걸 간과하고 방치하다 보면 더 큰 사고가 발생한다는 것입니다.
일례로 역사적 대형 사고가 있었습니다. 바로 1912년 4월 15일 발생한 '타이타닉 여객선 침몰 사건'입니다. 영화로도 상영되어 우리에게 잘 알려진 사건이기도 합니다.
당시 근무 중이던 항해사와 갑판원들이 빙산을 확인하고도 부주의한 탓에 빙산과 충돌하여 주갑판이 함몰되면서 우현右舷에 구멍이 생겨 조금씩 물이 들어온 나머지 배가 침몰하여 수천 명의 사상자를 낸 사고입니다.
한순간의 방심이 몰고 온 엄청난 인명사고라 할 수 있겠습니다.

우리는 일부 성공한 기업가들이 한순간의 실수로 기업에서 물러나거나, 고위 공직자들이 사소한 행위로 구설수에 올라 공직에서 물러나는 경우를 많이 보아 왔습니다.
어렵게 일구어낸 자신의 명예가 속절없이 단박에 땅에 떨어지는 것을 보면서 '악마는 디테일에 있다'는 것을 느낍니다. 작은 것에 강하면 큰일도 어려운 일도 능히 해결할 수 있는 것입니다.

원대한 꿈을 가지고 목적을 달성하기 위해 노력하는 것도 중요합니다. 하지만 작은 것 하나 하나를 지키면서 하루하루 성실히 사는 것이 더없이 중요한 것입니다.

저는 등산을 좋아해서 틈날 때마다 산을 오릅니다. 정상의 산봉우리를 보면서 언제 정상까지 오를 수 있을지 매번 고민했지만, 등산로 초입에서부터 한 발자국 내딛다 보면 어느새 정상에 다다른 저 자신을 봅니다.
등산을 즐기시는 분들은 잘 아실 것입니다. 정상에 오르기까지는 많이 힘들지만, 정상에 올라서서 주변의 수려한 경치를 바라보며 느끼는 쾌감은 이루 말할 수 없습니다.

등산을 통해 얻는 쾌감을 '마운틴 오르가즘Mountain orgasm'이라 하고 마라토너들이 풀코스 완주 중 30~40분 정도 달리다 무아지경에 이르는 순간을 맛보는데, 그것을 '러너서 하이runners high'라고 합니다.
힘들었지만, 힘든 자신에게 주어지는 보상의 쾌감인 것이지요.

인생도 마찬가지인 것 같습니다. 한 번에 큰 그림을 그리는 것보다 올망졸망 작은 것부터 그리다 보면 어느새 한 폭의 멋진 그림이 그려져 있을 겁니다. 모두가 감탄하는 멋진 그림이 말입니다. *

학습된 무기력

행동 심리학계의 표본으로 잘 알려진 '파블로프의 실험'을 누구나 한 번쯤은 들어 보았을 것입니다.
실험자가 종이 울리면 실험의 대상인 개에게 먹이를 주었고, 몇 번을 반복하다 보니 이 개는 종소리만 들리면 먹이가 없더라도 침을 흘리게 되었다는 실험입니다.
개의 뇌는 '종소리'와 '음식'을 연결 지었고, 그에 따라 종소리가 울리면 자연스레 뇌에서 인지하고 먹을 준비를 하게 된 것입니다.

또 다른 실험으로 펜실베이니아대학교에서 심리학을 연구하던 마틴 셀리그만Martin Seligman은 아주 잔혹한 실험을 했습니다.
종소리가 울리면 개들에게 먹이를 주는 것이 아니라 전기충격을 가하였습니다.
다시 말해 종소리를 '보상'의 기저가 아닌, '처벌'의 기저로 이용하였던 것입니다. 전기충격을 받는 게 얼마나 고통스럽겠는가! 개는 자연스레 도망가려고 했을 터, 실험에서 개 한 무리는 도망갈 수 있게 하고 다른 한 무리는 도망갈 수 없게 했다 합니다.
몇 번의 훈련이 반복되자 도망갈 수 없는 개들은 종소리가 울리면 전기충격을 가하지 않아도 고통스럽게 울부짖었다 합니다.
학자는 이 실험을 통해 탈출할 수 없는 개들은 스스로 전기충격에서 벗어날 수 없다고 인식하고 지레 의지를 잃는다는 결론을 얻게 됩니다.
외부환경이 호의적으로 변화되었음에도 그 개들은 여전히 무기력한 모습을 보였고, 학자는 이를 '학습된 무기력Learned Help less ness'이라고 명명했습니다.
사람 역시 마찬가지일 것입니다.

사회생활을 하면서 부지불식간에 우리는 학습된 무기력으로 좋은 사람을 바보로 만들 수 있고, 능력 있는 인재를 저급으로 만들 수도 있습니다.
예를 들어, 학교에서 선생님이 학생에게 문제를 풀라고 하였는데, 학생이 제대로 풀지 못하자 "너는 어떻게 이런 쉬운 문제도 못 푸냐? 다른 친구들은 잘 푸는데 너는 그것도 못 풀고, 왜 이리 멍청하냐?"라고 질책했다면, 이 학생은 성인이 되어서도 시험지만 보면 '나는 머리가 나빠서 제대로 할 수가 없지! 내 머리가 나쁜데 그럴 수밖에 없는 거지.'라고 심리적 원인에 의한 패배 의식과 비관 의식, 소극적인 사람이 될 수밖에 없습니다.

여기에 학습된 무기력으로 각종 취업, 다양한 시험을 치르면서 생각한 대로 결과가 나오지 않으면 마음속에 불편한 기억들이 트라우마처럼 생각나고 자신의 능력과 무기력을 한탄하며 쉽게 포기해버릴 수밖에 없을 것입니다.

미국의 학교에서 어느 날 학생들을 대상으로 IQ 테스트를 하였다 합니다.
검사 결과를 토대로 학생들의 IQ 수치를 생활기록부에 기재하였는데, 한 학생의 IQ 결과가 173이었는데, 담임선생이 생활기록부에 옮겨 적는 과정에서 실수로 73이라고 기재하게 되었다 합니다.
우연히 같은 반 학생이 교무실을 청소하다 그 학생의 IQ가 73이라고 적힌 것을 보게 되었고, 교실로 돌아와 학생들에게 떠들고 다녔습니다.
결국 그 학생은 같은 반 학생들로부터 '저능아, 머저리!'라는 놀림감이 되었고, 학생은 학교를 떠나게 되었다 합니다.
성인이 된 그는 아버지가 일하는 정비소에서 허드렛일을 하며 약간의 돈을 벌면서 지냈습니다. 그 누구에게도 그는 관심의 대상이 아니었고 항상 패배 의식을 가지며 살아가고 있었습니다.

그러던 어느 날, 우연히 그 학생의 담임이었던 선생님이 당시 IQ 테스트 결과지를 보게 되었는데, 그 학생의 실제 IQ가 73이 아니고 173이었다는 것을 알게 되었답니다.

선생님은 자신의 실수로 그 학생이 온갖 비난과 조롱을 감수하고 학교를 떠나야 했다는 죄책감에 사로잡혀 괴로워하다가, 수소문 끝에 그 제자를 만나 "자네는 IQ가 73이 아니었고, 173이었다네. 천재인 자네가 성인이 된 지금까지 수십 년 동안 바보로 살았을 것을 생각하니 너무도 마음이 아프다."라면서 안타까워하며 사과를 했다고 합니다.
그 학생은 인구 대비 상위 2%의 IQ를 가진 사람들만 가입할 수 있다는 '국제멘사협회'의 빅터 로저스 전 회장으로, 그가 겪은 실제 이야기입니다.

우리는 살아가면서 의도적이든 의도적이지 않든, 주변의 사람들에게 '낙인', '선입견', '학습된 무기력'을 주는 행동은 하지 않았는지 생각해 보는 시간이 필요할 것 같습니다.

한 어머니가 어린이집 학부모 모임에 참석했습니다. 어린이집 선생님이 그 어머니에게 말했습니다.
"아드님은 산만해서 단 3분도 앉아 있지를 못합니다."
어머니는 아들과 집에 오는 길에 말했습니다.
"선생님께서 너를 무척 칭찬하셨어. 의자에 앉아 있기를 1분도 못 견디던 네가 이제는 3분이나 앉아 있다고 칭찬하시던걸. 다른 엄마들이 모두 엄마를 부러워하더구나."
그날 아들은 평소와 달리 밥투정을 하지 않고 밥을 두 공기나 뚝딱

비웠습니다.

시간이 흘러 아들이 초등학교에 들어갔고 어머니가 학부모회에 참석했을 때 선생님이 말했습니다.
"아드님 성적이 몹시 안 좋아요. 검사를 받아 보세요."
그 말을 듣자 어머니는 눈물이 왈칵 쏟아졌습니다.
하지만 집에 돌아가 아들에게 이렇게 말했습니다.
"선생님께서 너를 믿고 계시더구나. 넌 결코 머리 나쁜 학생이 아니라고 말이야. 조금만 더 노력하면 이번에 15등 했던 네 짝도 제칠 수 있을 거라고 하셨어."
어머니 말이 끝나자 어두웠던 아들의 표정이 환하게 밝아졌습니다.
훨씬 착하고 의젓해진 듯 보였습니다.

아들이 중학교 졸업할 즈음에 담임선생님이 이렇게 말했습니다.
"아드님 성적으로는 명문고에 들어가는 건 좀 어렵겠습니다."
어머니는 교문 앞에서 기다리던 아들과 함께 집으로 돌아가면서 이렇게 말했습니다.
"담임선생님께서 너를 무척 자랑스럽게 생각하시더라. 네가 조금만 더 노력하면 명문고에 들어갈 수 있다고 하셨어."
아들은 마침내 명문고에 들어갔고 뛰어난 성적으로 졸업했습니다.

그리고 아들은 명문대학 합격통지서를 받게 되었지요.
아들은 대학입학 허가 관인이 찍힌 우편물을 어머니의 손에 쥐어 드리고는 엉엉 울면서 이렇게 말했습니다.
"어머니! 제가 똑똑하고 완벽한 아이가 아니라는 건 저도 잘 알아요. 그간 어머니의 격려와 사랑이 오늘의 저를 만드셨다는 것을 저는 잘 압니다."
그야말로 말의 소중함으로 인생을 바꾼 하나의 일화입니다.

강도가 칼을 사용하면 사람을 위협하는 무기가 되지만, 의사가 사용하면 생명을 살리는 도구가 될 수 있습니다.

살아가면서 '포용', '관용', '긍정의 메시지'를 전하는 메신저가 되어 준다면, 많은 사람을 '루저'에서 '승리자'로 탈바꿈시키고, 세상은 아직도 살만한 곳이라는 훈풍이 여기저기서 불어오지 않을까 싶습니다. *

비워야 채워집니다

아는 지인들과 모임을 한 적이 있었습니다. 그중 연세가 있으신 한 선배가 식탁 위에 음식이 차려진 것부터 식사하는 도중 일행들과 이야기를 나누는 장면까지 수시로 사진을 찍었습니다.
저는 당시 '젊은 친구도 아니고 연세 드신 선배가 좀 주책이네'라며 속으로 비웃은 적이 있었습니다. 저뿐만 아니라 같이 있던 그 선배의 동기들까지도 "야, 무슨 사진을 그렇게 많이 찍어?"라며 핀잔을 주었습니다. 그때 그 선배는 "우리가 이렇게 만난 것도 인생의 한 추억이고, 이후 그 추억을 되새김질하려면 남는 것은 사진뿐이야!"라고 이야기하였습니다.
그때는 선배의 이야기가 그렇게 마음에 와닿지 않았습니다.

시간이 지나고 친구들과의 모임이나 각종 지인과 만남이 있을 때 저도 그 선배처럼 사진을 찍는 버릇이 생겼습니다. 저 역시 친구들로부터 "너는 무슨 사진을 그렇게 많이 찍냐?"라고 핀잔을 들은 적이 있습니다. 그러나 주위를 둘러보면 그 선배나 저처럼 많은 사람이 휴대전화로 사진을 찍고 있었습니다. 여행지에 가도 기념사진부터 찍는가 하면, 식당에서 음식이 나오면 일행들이 젓가락질을 못 하게 막고 먼저 음식 사진을 찍는 사람들을 종종 보게 됩니다. "남는 건 사진뿐이다."라며 말입니다. 사람이 둘 이상 모이면 빠지지 않고 '인증샷'을 찍습니다. 어디에서 누구와 함께했다는 인증이 삶의 필수 요소가 된 것입니다.

핸드폰의 카톡으로 셀카를 찍은 사진을 전송하는 것이 소통이라고 믿는 문화풍토가 형성되어 있습니다.
사진에 많은 이야기를 담기보다 줄여야 합니다. 군더더기를 뺀 사진은 곧 그 사진의 주인공이 전달하고자 하는 요지가 명료해지기 때문입니다.
글쓰기를 할 때도 마찬가지입니다. 많은 글을 써놓고 최종 글을 마무리할 때 퇴고를 합니다. 고치고 또 수정하면서 군더더기를 빼고 요지만 최소화하는 작업을 합니다.

모 기자가 기사를 쓰기 위해 취재 대상자를 만나자 해서 저녁을 한 적이 있다 했습니다.
술이 몇 잔 들어가니 그 대상자가 중요한 이야기기사거리를 들려주었다 했습니다. 그 기자는 면전에서 그 이야기를 받아 적을 수 없어 자신의 양쪽 다리에 빼곡히 전해 들은 이야기를 적었다 합니다.

그야말로 기자정신을 발휘한 것입니다. 그리고 그 대상자와 헤어지고 나서 자신이 근무하는 언론사 사무실에 와서 바지를 걷고 다리를 보니, 볼펜으로 적은 대상자의 이야기가 빼곡히 적혀 있었다 했습니다. 소위 언론인들이 이야기하는 적자생존 적는 자만이 살아남는다 이었던 것입니다.
그 기자는 다리에 적힌 많은 이야기 중 중요한 엑기스만 줄이고 또 줄여서 기사를 작성, 신문에 냈다 했습니다. 그 기사는 특종이 되었고, 이후 '올해의 기자상'까지 수상하게 되었다 합니다.

가끔 핸드폰 속에 저장되어있는 옛날 사진들을 봅니다. 추억을 간직한 사진이라 오래전 만났던 사람들과 풍경들을 보며 옛 과거로 시간을 되돌리기도 합니다. 그러나 저장된 많은 사진 중 꼭 필요한 사진만 보관하고 다소 불필요한 사진들은 삭제하고 있습니다. 그래야 또 새로운 사진을 저장할 수 있을 테니까요.

우리의 삶도 사진과 같다는 생각입니다. 좋은 추억이 있는 기억은 계속 간직하고, 아픈 기억이 있는 삶은 과감히 버려야 합니다.
물이 가득 담긴 컵에는 또 한잔의 물을 부을 수 없습니다.
비워야 채워집니다.

행복한 삶을 원한다면 새로운 것을 위해 낡은 것들을 반드시 비워야 합니다. *

확증편향
Confirmation bias

친한 선배와 모처럼 식사하게 되었습니다.
선배는 이런저런 이야기를 하다가 조심스럽게 저에 대한 충고를 한마디 하였습니다. 선배는 저를 너무 잘 아는 분이셨고, 오랫동안 만나왔기에 일거수일투족을 관심 있게 보고 저에 대한 생각을 정리하여 어렵사리 말을 꺼낸 것이었습니다.
"자네가 사람들의 말에 대해 너무 민감하게 반응하는 것 같아. 특히 자네에 대해 농담 식으로 꺼낸 이야기를 기분 나쁘게 생각하고 과민반응이 많으니, 그냥 한 귀로 듣고 한 귀로 흘려 버리는 편안한 마음을 가지는 게 좋겠다는 생각이 들어. 그게 다 습관이 될 수 있거든."
선배의 이야기를 듣고 보니 머리가 멍해지는 기분이었습니다.

언뜻, '자신에 대한 비평적인 이야기를 하거나 상대방의 말이 나 자신에 대한 비꼬는 듯한 이야기인데 그걸 듣고 가만있으라고?' 하는 자조 섞인 생각이 들었습니다.
그런데 시간이 지나고 제 자신을 돌이켜보니, 제 자신이 별것도 아닌 것에 자존심이 상하여 상대방이 이야기한 것에 마음이 상했던 적이 많았습니다. 그야말로 별것도 아닌 것에 별것인 것처럼 과민반응을 보인 것입니다.
그 선배가 어쩜 저에 대해 정확히 보고 있었는지도 모르겠습니다.
반대로 저 자신이 그런 성격을 가지고 있었는데, 저에게 그런 이야기를 해주는 사람이 없었고, 저 또한 아무렇지 않은 듯 혼자 제가 옳다고 하는 것은 옳은 것이었고, 제가 한 행동에 문제가 없다고 인식하면서 오히려 상대편이 잘못한 것만 보이는 편향된 생각을 가져왔던 것이 문제였다는 생각이 들었습니다.

'확증편향確證偏向, Confirmation bias'이라는 말이 있습니다. 선택편향의 한 종류로서 자신의 신념과 일치하는 정보만 받아들이고 그렇지 않은 정보는 무시하는 성향을 의미합니다.
대척점에 대한 경계, 방어심리에서 주로 나타나는 심리현상으로 자신이 믿는 것에 반하는 정보들은 찾으려고 하지도 않고 이해하려고 하지도 않고 들으려고 하지도 않고 믿으려고 하지도 않으며, 자신의 견해와 입장을 무시하는 정보는 자신에 대한 비난이나 도발로 여기는 경향이 나타나기도 하는 현상입니다.

헬싱키대학의 심리학자 에로넨 교수는 대학생들에게 '캐롤'이라는 이름의 한 평범한 여성이 TV를 시청하는 모습이 담긴 한 컷의 만화를 보여주었습니다.
만화에는 '케롤은 숙제를 해야 한다는 걸 기억해요' 하는 자막이 쓰여 있었습니다. 그런 다음 숙제를 해서 교수에게 제출하는 모습이 담긴 다른 만화 한 컷을 또 보여주었는데, 교수로부터 숙제에 대한 평가도 받았다고 덧붙여 설명해 주었습니다. 그러고 나서 교수가 학생들에게 "캐롤은 어떤 성향을 가지고 있다고 생각하나요?"라고 물었습니다.
어떤 학생들은 캐롤이 숙제를 위해 즐겨보던 TV를 끌 줄 아는 부지런하고 똑똑한 여성일 거라고 답했고, 어려운 숙제도 꽤 잘 해낼 것이라고 긍정적으로 평가했습니다.
하지만 캐롤은 TV만 보는 게으른 여성이며 숙제도 쉬운 것만 골라 할 것이라고 부정적으로 답한 학생들도 있었습니다.
아무 감정도 담겨 있지 않은 지극히 중립적인 만화 두 장면을 보고 어떤 학생들은 긍정적으로 또 다른 학생들은 부정적인 시각으로 바라본 것입니다.

평범한 실험이었습니다. 시각은 사람에 따라 다르기 마련이니까요. 그리고 5년 뒤 에로넨 교수는 실험에 참가했던 학생들을 추적해 보았습니다.
그런데 캐롤을 부정적으로 평가했던 학생들 대부분이 졸업한 뒤 하나같이 불행한 삶을 살고 있었습니다. 취직을 못 해 백수로 지내는 사람이 있는가 하면 직장에서 스트레스를 많이 받고 힘들게 살아가거나, 경제적으로 어렵게 살고 있었다 합니다.
그럼 캐롤을 긍정적으로 평가했던 학생들은 어떠했을까요? 놀랍게도 하나같이 행복한 삶을 만끽하고 있었습니다. 좋은 직장에 취직해 좋은 대우를 받으며 승승장구하는 사람들이 많았고 좋은 여자를 만나서 결혼해 행복한 가정을 꾸리고 사는 사람들이 많았다 합니다.
아무 감정도 없는 똑같은 만화를 보고 부정적으로 평가했던 학생들은 불행한 삶을, 긍정적으로 평가했던 학생들은 대조적으로 행복한 삶을 살고 있었던 것입니다.

사람은 자신이 보고 싶은 것만 보고, 듣고 싶은 것만 듣게 되는 경향이 있습니다. 결국은 자기 자신이 현실을 창조하고 있는 것입니다. 지금까지 자신이 걸어오고 생각하고 목표한 계획대로 이루겠다는 신념이 현재 '지금'의 성공의 자리에 있게 된 것입니다. 세상은 자신이 어떤 시각으로 바라보느냐에 따라 달라지는 것입니다.

미국의 정치가이자 건국의 아버지라 불리는 벤자민 플랭크린1706~1790은 자신이 사는 필라델피아에 도움이 될 만한 일을 하고자 했습니다.
곰곰이 생각하던 중 아름답고 커다란 등을 하나 준비하여 집 앞에 선반을 만들고 그 위에 올려 두었다 합니다. 사람들은 등불은 집 안에 있어야 하는 것으로 인식하고 있고 집 밖에 두는 것은 불필요한 낭비라 여겼다 합니다.
그렇게 세월이 흘러 거리를 환하게 밝히는 등불을 보며 사람들은 깨닫기 시작했습니다. 거리에 널브러져 있는 장애물을 피할 수도 있었고, 멀리서도 방향을 알 수 있었습니다.
위험한 요소로부터 자신을 지킬 수도 있었기에 조금 더 안전해진 느낌이 들었습니다. 벤자민 플랭크린의 깊은 뜻을 이해한 사람들은 하나둘씩 집 밖에 등불을 두기 시작했습니다.
결국 필라델피아는 길거리를 가로등으로 환하게 만든 미국의 첫 번째 도시가 되었습니다. 한 사람의 생각과 용기 있는 행동으로 세상을 바꿀 수 있다면, 생각만 해도 벅차오르는 감동입니다.
큰 배려가 아니어도 좋고 대단한 생각이 아니라도 좋습니다. 그저 '나는 그들을 위해 무엇을 해주면 좋을까?' 하는 생각을 가슴에 품고 살아가면 됩니다.

벤자민 플랭크린의 명언입니다.
"근면한 사람에겐 모든 것이 쉽고, 나태한 자에게는 모든 것이 어렵다."
결국 자신이 세상의 중심이라는 생각입니다.

생각은 말이 되고, 말은 행동이 되며, 행동은 습관이 되고, 습관은 인격을 형성하며, 인격은 운명을 좌우하게 되는 것입니다. *

실패는 있어도 포기는 마세요

인간은 태어나면서 주어진 자신만의 잠재능력이 있습니다. 잠재능력을 상황에 따라 잘 발휘하고 이용하는 사람은 성공한 삶을 살지만, 그렇지 못한 사람은 힘든 삶을 살아가기도 합니다.
그러나 대다수 사람은 자신의 능력을 20~30% 정도만 사용하고 그치는 경우가 많다고 합니다. 자신만의 좋은 강점이 있는데도 스스로 한계와 열등감에 사로잡혀 주어진 잠재능력을 발휘하지 못한다면 너무 안타까울 수밖에 없습니다.

미국의 유명 심리학자 매슬로1908~1970가 제기한 심리학 현상 중 '요나 콤플렉스Jonah complex'라는 것이 있습니다. 요나 콤플렉스는 '성공했을 때의 두려움' 또는 '실패에 대한 두려움'으로 자신의 능력을 과소평가하며 성장을 회피하는 심리현상입니다.
요나 콤플렉스는 일종의 모순된 현상으로 볼 수 있습니다. 누구나 성공한 자신의 삶보다는 자신의 실패를 먼저 두려워하기 마련인데, 이는 자신이 잘 할 수 있을까 하는 가능성을 두려워하는 것이라고 할 수 있겠습니다.

한편, 사람들은 자신이 잘 할 수 있을 가능성도 역시 두려워하는데, 이는 이해하기 어려운 현상입니다. 어쨌든 사람들은 성공을 갈망하는 동시에 실패를 두려워한다는 점입니다.

독일의 한 방송 프로그램에서 있었던 일입니다. 이 프로그램은 '두뇌 게임 프로그램'으로 문제를 풀면 푸짐한 상품을 받을 수 있도록 연출되었습니다.

그런데 이 게임에는 작은 함정이 있었는데 매번 관문을 넘을 때마다 상금을 받은 후 바로 다음 관문으로 갈지, 여기서 멈출지, 참가자들 스스로 선택해야 했습니다.

다음 관문의 상금은 이전 관문보다 훨씬 더 많았고, 마지막 관문에서는 총 1,000만 원의 상금을 받을 수 있게 되어 있었습니다. 그러나 문제는 만약 다음 관문을 넘지 못하면 이전에 받은 상금은 모두 물거품이 되는 것이었습니다.

프로그램이 실제 방영되기 몇 주 전까지 1,000만 원의 상금을 받은 참여자는 없었습니다. 끝까지 도전해 볼 능력이 있는 참가자들이 모두 중간에 그만두었기 때문입니다. 대부분 100만 원 정도의 상금이 쌓였을 때 문제 풀기를 포기하고 게임을 그만두었고 고비를 넘기고 마지막 관문까지 도전하는 참가자는 끝내 없었습니다.

그렇게 몇 년이 지나, 프로그램에 출연한 한 청년은 100만 원의 상금을 받은 후 계속해서 게임에 도전했고, 고심 끝에 포기하지 않고 다시 1,000만 원의 상금이 걸린 관문에 도전했습니다.
그 결과, 프로그램이 방영된 이래 첫 번째로 1,000만 원의 상금을 받을 수 있었습니다.
이는 그 청년의 지식 때문이 아니라 그가 가지고 있는 심리 성향과 야망 때문이었습니다. 사실 500만 원의 상금을 받은 후 나온 문제는 모두 간단한 문제였고, 조금만 생각해 보면 누구나 쉽게 풀 수 있는 함정을 가진 문제였습니다.
그러나 대부분 이 관문까지 오기 전 적당히 상금을 받고 포기하고 도전할 용기가 없었던 것입니다.

요나 콤플렉스는 '자기 자신에게 도전하는 것을 미리 주저하고 스스로 시도 하게 되면 실패하지 않고 실패하지 않으면 더 큰 손해를 입지 않을 것이다'고 믿게 만든 것입니다. 이는 전형적인 자기방어 기제로, 대다수 참가자가 적극적으로 노력하면 자신의 목표에 근접하는 더 큰 성과를 거둘 수 있는데도 적당히 실리를 챙기고 도전조차 하지 않는 심리상태를 의미합니다.
요나 콤플렉스는 사람의 진짜 능력을 크게 과소평가하게 합니다.
성공한 인생을 염원한다면 반드시 자신 안에 있는 요나 콤플렉스를 깨뜨려야 하며 담대하게 도전하라는 메시지가 담겨 있는 것입니다.

벼룩은 강력한 뒷다리 2개를 가지고 있습니다. 이 때문에 가볍게 1미터가 넘는 높이를 점프할 수 있습니다. 사람에 비유하자면 50층 이상 높이의 빌딩 끝까지 뛰어오르는 것과 같다고 할 수 있겠습니다.

어떤 학자가 벼룩을 투명한 뚜껑으로 덮혀 있는 1미터 높이의 용기 안에 담아 놓고 실험을 해보았다 합니다.

용기 안에 담긴 벼룩은 열심히 뛰어올랐지만 점프할 때마다 용기의 뚜껑에 부딪히고 또 부딪히기를 반복하는 것을 볼 수 있었다 합니다.

어느 정도 시간이 흐른 후, 학자는 용기의 뚜껑을 잠시 열어 두었습니다.

하지만 벼룩은 충분히 점프력이 있어 용기 밖으로 나올 수 있었는데도 불구하고 밖으로 나오지 못했다 합니다. 자신이 1미터 이상의 높이를 더 점프할 수 없다는 스스로 한계를 설정했기 때문입니다.

이미 벼룩은 뚜껑이 닫힌 용기의 높이에 적응했고, 자신의 점프 능력도 거기까지라고 생각하며 더 이상 자신의 능력을 발휘할 수도, 변화시킬 수도 없었던 것입니다.

우리의 삶도 마찬가지라는 생각이 듭니다.

우리가 할 수 있는 자신감과 가능성이 무한한데도 우리가 정해놓은 목표나 한계를 정해놓고 자신의 잠재력을 활용하지 못한다면 그 이상의 목표나 한계를 뛰어넘을 수 없게 됩니다.

많은 사람이 성공하지 못하는 이유가 능력이 부족해서 아니라, 자신의 잠재능력에 한계를 두었기 때문이라는 생각입니다.

자신에게 가장 적합한 일을 찾아야 하고, 또한 그 일을 열렬히 사랑하고 지켜야 합니다. 그것이 안정적인 삶의 방향을 장악할 수 있고 나아가 정확한 목표를 향해 모든 일에 정성을 쏟을 수 있습니다. 살아가면서 섣불리 자신의 인생에 한계를 설정하지 말기를 바랍니다.

사회심리학 현상 중에 '마태효과matthew effect'가 있습니다. 마태효과는 강자는 더욱 강해지고 약자는 더욱 약해지는 현상을 말합니다. 신약성경의 '마태복음(25장 29절 / 무릇 있는 자는 받아 풍족하게 되고 없는 자는 그 있는 것까지 빼앗기리라)'에 마태효과를 표현한 우화가 있습니다.

어느 나라의 국왕이 먼 길을 떠나기 전에 데리고 있던 세 하인에게 은덩어리를 하나씩 주면서 이야기를 했습니다.
"내가 없는 동안 이 돈으로 장사를 하고 내가 돌아오면 다시 나를 만나도록 하여라." 국왕이 돌아오자 첫 번째 하인이 이렇게 말했습니다.
"주인님이 제게 주신 은 한 덩어리로 저는 열 덩어리를 벌었습니다."
그러자 국왕은 첫 번째 하인에게 10개의 지방 도시를 상으로 주었습니다.
이어서 두 번째 하인이 말했습니다.
"주인님, 저는 주신 은 한 덩어리로 다섯 덩어리를 벌었습니다."
그러자 국왕은 두 번째 하인에게 5개의 지방 도시를 상으로 주었습니다.
마지막으로 세 번째 하인이 말하기를,
"주인님, 저는 주인님께서 주신 은 한 덩어리를 잃어버릴까 봐 두려워 손수건에 감춰두고 꺼내지 않았습니다."
그러자 국왕은 세 번째 하인이 가지고 있던 은 한 덩어리를 첫 번째 하인에게 주도록 명령을 내리며, 이렇게 말했습니다.
"무릇 적은 것이면 그가 가지고 있는 것만이라도 빼앗아야 하고, 많은 것이라면 다다익선이니 그에게 더 주어야 한다."

이것이 마태효과의 유래라 합니다. 다시 말해, 마태효과는 우등한 선두주자에게 기회를 주어 더 좋은 결과가 나오도록 하는 효과가 있고, 반대로 약세한 자에게는 그의 기회를 잘 활용하지 못함으로 우세한 자와 간격이 더 벌어지게 되는 현상을 뜻합니다.
이는 우리가 잘 알고 있는 속담 '실패는 성공의 어머니'가 아니고 '성공은 성공의 어머니'라고 말할 수 있겠습니다.
성공한 사람들은 성공했기에 자신감이 생겨 더욱 성공하게 되고, 실패한 사람은 실패했기 때문에 열등감을 느끼고, 그 열등감으로 더욱 실패하게 된다는 것을 의미합니다.

실패는 있어도 포기는 하지 마십시오. 자신의 능력을 믿으십시오.
애플 창립자 스티브잡스의 말을 음미해봅니다.
“is’as proud of what we dont’do as I am of what we do.
; 우리가 이룬 것만큼, 이루지 못한 것도 자랑스럽습니다.”

결과도 중요하지만, 과정도 중요합니다.

우리는 매일 목표를 향해 달려갑니다. 그러나 목표만 바라보고 살다 보면 일상 속 과정의 소중함을 놓칠 수도 있습니다.
필요 이상의 성공 지상주의적 삶은 자신의 삶을 메마르게 하고 과도한 목표 추구로 영혼을 지치게 합니다. 적당한 순간, 우리는 만족할 수 있어야 합니다.
물은 너무 많이 따르면 넘치고, 활은 너무 세게 잡아당기면 부러집니다.
이 간단한 이치를 잊은 채 우리는 마치 고속도로 위를 달리는 자동차처럼 인생을 정신없이 몰아갑니다. 그러다 어느 순간 문득 멈춰섰을 때, 그제야 가장 중요한 한 가지를 챙기지 못했다는 사실을 알게 됩니다. 그것은 바로 자신의 영혼입니다.
우리는 이성을 단련시키는 데 많은 시간을 들이면서도 정작 영혼을 돌보고 들여다보는 것에는 인색합니다. 그리고 어느 깊은 밤, 적막한 외로움이 뜬금없이 찾아오면 그제야 자신의 영혼이 삭막할 정도로 메말라 있음을 깨닫습니다.

자기 자신을 돌아볼 새도 없이 바쁘게 살아가는 동안 우리의 영혼은 점점 무뎌집니다. 이를 막으려면 때로는 일부러 삶의 보조를 늦추고 영혼이 따라올 때까지 기다릴 필요가 있습니다.
가끔은 삶의 모든 것을 심각하지 않게, 좀 더 가볍게 대할 필요가 있습니다.
걸음을 늦추고 자신을 옭아매고 있는 욕심의 굴레를 벗어던져 버리십시오.
그런 뒤 영혼이 나 자신을 따라올 수 있도록 차분히 기다려 봅시다.
영혼은 우리 생명의 근원이기에 영혼을 놓치면 생명 없는 인생이 되어 버립니다. 바쁘기만 한 생활 속에서 느끼는 행복은 진짜 행복이 아닙니다. 속도를 늦추고 자신의 영혼과 보조를 맞춰 걷는 데서 진정한 행복이 피어납니다.

너무 거창한 목표로 자신을 압박하지 마십시오. 눈을 감고 가만히 자신을 한번 돌아보십시오. 아련했던 추억 속으로 빠지다 보면 어느새 행복은 이미 내 옆에 와 있을 것입니다.
무심코 지나쳐버린 작고 소소한 일들이 나의 행복이라는 것을 알게 될 것입니다. 일상의 작은 행복을 소중히 여기며 하루하루 즐겁고 행복을 나날을 보내시기 바랍니다. *

세월의 계급장

평소 지하철을 타고 다니면서 노약자 좌석에 앉아 있는 고령의 어르신들을 보며 주제넘게 '나도 나이 들면, 노약자 좌석을 자주 이용할 텐데… 세월이 화살과 같이 빠르게 흘러가는데, 저 자리 앉아 갈 날이 머지않았구나'라는 생각을 해보았습니다.
노약자 좌석에 앉아계신 분들을 바라보고 있노라면, 그분들은 나에게 "나도 자네처럼 젊을 때가 있었어. 자네라고 별수 있어? 자네도 금방이야!"라고 마치 이야기하고 있는 듯했습니다.
간혹 고령의 어르신들이 짐꾸러미를 들고 가는 모습, 계단을 힘들게 올라가는 모습, 길거리에서 한걸음 힘겹게 걸어가시는 모습을 보며 무심코 지나친 적이 많았습니다.
마치 한 살이라도 덜 먹은 제가 강자처럼 느껴진 적도 있었습니다.
아주 오만하고 무례한 생각이었습니다.

반성합니다. 그리고 고백합니다. 돌아가신 어머니 이야기입니다.

어머니는 저하고 통화를 하는 날에는 꼭 "술 먹지 마라. 운동해라. 소식해라."라고 항상 말씀하셨습니다.
저는 그때마다 "한두 살 먹은 애도 아닌데, 어머니는 항상 건강 이야기만 하세요?"라며 투정을 부렸던 기억이 있습니다.
어머니가 돌아가시고 나니, 그 말씀의 의미가 더욱 생생하게 다가오며 눈물이 납니다. 어머니는 당신이 어느새 고령이 되었고, 아들도 중년이 되어 가는 시점에서 건강하게 오래 살아야 한다는 생각을 가지셨던 것 같습니다.
그렇기 때문에 어머니의 생각에는 항상 '건강'만이 최우선이었지 않나 하는 생각입니다. 부모가 되어봐야 부모의 마음을 안다는 어른들의 이야기가 하나도 틀리지 않습니다.
그런 어머니의 마음을 헤아리지 못한 저 자신이 오히려 한심하다는 생각이 듭니다. 누구도 세월의 흐름을 거역할 수 없습니다.

행복하게 살 권리도 중요하지만, 품위 있게 죽을 권리도 중요합니다.

일본에서는 면허 취득 후 1년 이하 초보 운전자는 새싹 마크를, 75세 이상 운전자는 단풍 마크를 차에 붙여야 합니다. 주변 차들은 이 마크를 붙인 차량을 보호할 의무가 있습니다. 위반 시에는 교통위반 벌점까지도 받습니다.
앞으로 점점 고령의 사회로 접어들 것입니다. 전 세계 어느 나라든지, 이제는 가일층 노인들을 공경하고 우대하는 정책이 필요한 시대가 되었습니다.
살아가면서 고령자와 마주칠 때가 많습니다. 어떨 때는 그들이 힘에 겨워 도움을 요청해 올 경우도 있을 것이고, 묵시적으로 도와달라고 눈빛으로 시그널을 보낼 때도 있을 것입니다.
그럴 때 나의 아버지, 나의 어머니라고 생각하고 적극적으로 도와주느냐, 아니면 도외시하느냐는 각자 마음이겠지만, 분명한 것은 우리도 언젠가는 그렇게 늙어 가기에 그분들의 사정이 남의 일처럼 느껴지지 않는다는 것입니다.

모든 전쟁에 참여하고 뒤안길로 물러서 있는 훌륭한 역전의 노병사처럼, 우리는 세월의 계급장을 단 그들을 무시할 수 없습니다.

역사를 놓고 봐도 세월 속에 쌓인 경륜으로 시대를 아우르는 중요한 역할을 한 위인들의 예는 많습니다.
중국 역사상 가장 위대한 군주로 인정받는 청나라의 건륭제1711~1799는 60여 년간 황제 자리를 지키면서 당대 최고의 전성기를 이끈 인물로 세계 최고의 문화 업적으로 인정받는 '사고전서四庫全書'를 만들었으며, 고구려 역사상 가장 강력한 국력을 가졌던 장수왕은 80여 년간 왕위를 지키며 고구려의 최전성기를 이루었는데 백제의 수도 한성위례성을 함락시킬 당시 나이가 81세였다 합니다.
또한 영국의 군주로 가장 오랫동안 통치한 빅토리아(1819~1901) 여왕이 82세까지 왕위를 유지하면서 그는 '해가 지지 않는 나라'를 만들어 내었는데, 경륜이 없었다면 불가능하지 않았을까 하는 생각을 해 봅니다.
이 위인들은 나이를 먹어가면서 퇴물이 되기보다 자신의 경륜을 한껏 이용하여 선정善政을 펼치면서 나라를 부국강병으로 만든 대표적 인물이라고 할 수 있겠습니다.
베르나르 베르베르1961~ 프랑스 소설가의 소설 ≪나무≫ 중 〈황혼의 반란〉에 이런 내용이 있습니다.

노인 한 명이 죽으면 도서관 하나가 불타는 것과 같다.

그만큼 어르신들의 경험과 인생의 노하우는 간과해서는 안 된다는 의미입니다.
오랜 인생의 경험을 통해 노인들이 갖는 연륜과 지혜는 많은 역사와 전통의 고古서적들을 보관하고 있는 도서관과 비교할 만큼 소중한 보물입니다.

노인의 향기와 노인의 가치를 높게 평가하고 그분들의 경험을 잘 이어받아 귀히 존중하는 것이 필요할 것입니다. *

공동체 사회의 소명과 주인의식

한 소녀는 홀어머니 밑에서 착하고 바르게 자랐지만 길을 가다 성폭행을 당한 뒤 비뚤어지기 시작했습니다. 절도를 일삼던 그 소녀는 어느새 전과 14범의 불량 청소년이 되어 있었습니다.

오토바이 절도사건으로 법정에 서게 된 소녀는 판사 앞에서 반성의 기미를 전혀 보이지 않았습니다.
그러나 판사는 “아무리 어린 나이지만 범죄를 저지른 걸 그냥 넘어갈 수 없다. 고로 본 판사는 오토바이 절도사건에 대해 가해자에게 유죄를 선고한다. 하지만 이 아이만의 책임이라 할 수 있을까.”라며 사회와 어른들에게 그 책임을 돌린 뒤 소녀에게 자리에서 일어나라고 지시를 했습니다.
판사는 “자, 이제 날 따라 외쳐봐.”라고 한 뒤 “나는 세상에서 가장 멋있게 생겼다. 나는 무엇이든 할 수 있다. 나는 세상에 두려울 것이 없다. 이 세상에 나는 혼자가 아니다.”라고 말했습니다.

소녀는 판사의 지시대로 큰소리로 외치다 그만 울음을 터뜨렸고 법정은 눈물바다가 되었습니다.

알고 보니, 판사가 소녀의 안타까운 사연을 알게 된 뒤 소녀에게 해줄 수 있는 옳은 판결이 무엇인지 고민하다가 잃어버린 소녀의 자존감을 되찾아 주기 위해 무거운 형벌 대신 '일어나 외치기'라는 이례적인 판결을 내렸던 것입니다.
판사는 펑펑 우는 소녀에게 다가가 "누가 이 세상에서 가장 중요할까? 그건 바로 너다."라고 따뜻한 한마디를 건넸습니다.
이 판사의 특별한 판결은 수많은 사람의 가슴을 울린 감동적인 명판결로 남아있습니다.

법원의 상징물인 '정의의 여신상'은 저울과 칼을 쥐고 있습니다. 저울은 공평, 칼은 정의, 안대는 공정을 상징한다고 합니다. 불의에 굴하지 않고 어느 쪽도 편들지 않으면서 정의를 실현하겠다는 의미입니다.
이 조각상은 대부분 법원 앞에 서 있습니다. 하지만 서양이든, 동양이든, 눈을 가리고 있든, 눈을 가리지 않고 있든, 칼이 있든 없든 공평무사한 법 정신의 표상인 것은 틀림없습니다.

세계 최초의 성문법전인 '함무라비 법전'이 기원전 1750년 무렵에 나온 이래 한동안은 '이에는 이, 눈에는 눈'이라는 식으로 처벌하는

'탈리오 법칙'이 재판에 적용되었습니다.
증거 중심의 판결이 도입된 시기는 약 200년 전인데, 권력으로부터 독립한 법관이 재판권을 갖고 고문이나 자백보다 증거를 중시하는 원칙을 확립하기까지 오랜 기간이 걸렸습니다.

현대에 와서는 유·무죄가 의심스러운 경우 '피고인의 이익'이라는 원칙하에 무죄를 선고하는 '무죄추정의 법칙'이 확립되어 있습니다.
정치적 상황에 따라서 왔다 갔다 하는 '고무줄 판결'이나 이념적 편향에 따라 재판을 하게 되면 비난 여론이 높아집니다.
법관 스스로 형평과 정의를 잃으면 법이 설 자리가 없을 것입니다.
국민의 인권을 위해 좌·우 편향 없이 어떤 정치적 외압에도 굴하지 않는, 만인에게 평등한 공명정대한 법원의 판결이 필요합니다.

법은 만인에게 공평해야 합니다만, 만약 위 사건의 사례처럼 절도범으로 잡혀 온 소녀에 대해 판결을 해야 하는 판사라면 엄격하게 법의 잣대를 적용하여 원칙대로 처벌할 수도 있을 것이고, 죄는 밉지만, 사람은 미워하지 말라는 심정으로 소녀의 입장을 고려한 보다 유연한 판결을 내릴 수도 있을 것입니다.

지은 죄에 대하여 응당한 법의 처벌을 구해야 하는 것이 법의 정신일 것입니다. 하지만, 그보다 더 중요한 것은 악의 세계에 빠져 있는 한 사람의 고귀한 생명과 영혼을 구해내는 것일 겁니다.

자포자기한 마음을 새로운 희망을 품고 나아가도록 이끌어 주고, 사회에 대한 불신과 감정을 깨끗한 순백의 마음으로 정화해 주는 것이 필요합니다.

그런 역할을 해야 하는 것이 우리 모두의 책임입니다. 그것이 공동체 사회에서 살아가는 우리들의 소명이자 사명일 테니까요. *

인위재사 조위식망

人爲財死 鳥爲食亡

어떤 모임에서 알게 된 사업가의 이야기입니다. 그분은 젊은 시절 아버지로부터 식당을 물려받아 열심히 일했다 합니다. 설렁탕집을 하였는데, 3대째 내려오는 과업을 물려받아 많은 단골을 확보하고 있었고 입소문을 타서 여기저기서 손님들이 줄을 서서 기다리며 식사를 하고 갈 정도로 맛집으로 인기를 끌었던 식당이라 합니다. 수십 년 식당업을 하면서 많은 부를 축적했고 그 덕에 제법 먹고살 만한 위치에 올라 지역 봉사단체의 회장직도 맡고, 여기저기 얼굴을 알리면서 왕성한 사회활동도 하였다 합니다. 틈만 나면 해외여행을 가고 골프도 즐기면서 남부럽지 않은 생활을 하였고 그런 여유로운 생활이 계속 유지될 것으로 믿고 있었다 합니다.

그분은 사업을 확장하기 위해 욕심을 부려 몇 개의 식당을 오픈했고, 종업원들을 추가로 고용하면서 더 큰 부를 얻기 위해 노력했다 합니다. 그러던 중, 식당에서 원산지를 속이는 사건이 발생했고 언론의 질타를 맞으면서 부도덕한 식당으로 여론이 악화되었습니다. 많은 손님을 하루아침에 다 잃어버리고 그 잘나가던 식당이 급기야 파리만 날리는 저급의 식당으로 전락해버려 얼마 못 가서 식당을 다 처분하고 장사를 접었다 했습니다.
3대의 가업을 물려받아 문전성시를 이루었던 식당이 역사 속으로 사라지게 된 것이었습니다. 그분은 눈물을 흘리면서 자신의 헛된 욕심과 자만 그리고 겸손, 절제가 없었던 것을 땅을 치며 후회하였고, 지금도 반성하며 하루하루 살아가고 있다 했습니다.

지인 중에 증권사에 근무하는 분이 있습니다. 오랫동안 고객을 관리하면서 일관되게 주장하는 것이 있다 했습니다.
주식을 하는 사람들이 포트폴리오를 잘 짜서 전략적으로 잘 대응하면 수익을 가져오지만, 헛된 욕심에 무리하게 투자를 하거나 더 큰 수익을 올리기 위해 적절한 타이밍에 매도하지 않고 계속 머무르다가 그만 매도 타이밍을 실기하여 많은 손실을 가져온다는 것으로, 자신이 희망하는 이익의 상한선을 지키고 그 시점이 오면 매도를 하도록 유도한다는 것이었습니다.

반칠환 시인이 어떤 언론에 기고한 내용입니다. 참 마음에 와닿습니다.

풍선을 불다가 터트려본 경험이야 누구라도 있다마다요. '조금만 더!' 미간을 찌푸리며 불 풍선 속 공기를 고무풍선 속으로 밀어 넣다가 '펑!'하고 터질 때 움찔하던 기억 있다마다요. 풍선이야 터지면 그뿐이지만 삶이 풍선이라면 이야기가 다르지요. 풍선이 부풀듯 승승장구할 때 적당히 멈추는 일은 정말 어려운 일이지요. '잘나가다 실패한 형님'을 만났으니, 인생의 스승을 제대로 만나셨군요. '잘나가는 즐거움'과 '실패의 아픔'을 다 배울 수 있겠군요. 하지만 '어느 정도'를 깨닫는 건 정말 힘든 일이지요. 어쩌면 풍선 터트리듯 자잘한 실패가 삶이라는 궁극의 풍선을 부는 달인이 되게도 하겠지요. 오늘도 열심히 '푸우 푸우~'와 '뻥'의 경계에서 파이팅!

시인은 기고에서 '절제의 중요성'을 설파하고 있고, 반면교사로 삼을 수 있는 인생의 스승에 대해서도 중요성을 강조하고 있습니다.

옛말에 '인위재사 조위식망人爲財死 鳥爲食亡'이라는 말이 있습니다. 즉, 사람은 재물 때문에 죽고, 새는 먹이 때문에 죽는다는 것입니다. 누구나 욕심과 욕망은 있습니다. 욕심을 부려 억지로 얻은 것은 그다지 빛이 안 나고 평가도 좋지 않을 것입니다.

세 명의 장사꾼이 바다를 건너 먼 나라로 황금을 캐러 갔습니다. 10년 후 세 사람은 저마다 가방 한가득 황금을 싣고 의기양양하게 고향으로 가는 뱃길에 올랐습니다.
그런데 불행히도 도중에 큰 풍랑을 만나 배가 좌초되고 말았습니다.

배가 가라앉기 전, 첫 번째 장사꾼은 황금이 든 가방을 꼭 붙든 채 끝까지 놓지 않았고 결국 가방과 함께 깊이 가라앉았습니다.
두 번째 장사꾼은 일부라도 건사하기 위해 주머니에 황금 덩어리 몇 개를 쑤셔 넣었습니다. 하지만 그 탓에 몸이 무거워져 큰 파도가 몰려왔을 때 잡고 있던 판자를 놓치고 바다에 빠지고 말았습니다.
세 번째 장사꾼은 나머지 두 사람과 달리 배가 부서지자마자 미련 없이 금이 든 가방을 포기했습니다. 그리고 판자를 붙들고 열심히 헤엄을 쳐 위험에서 벗어났습니다.
풍랑이 잠잠해진 후, 유일한 생존자인 세 번째 장사꾼은 배가 좌초된 곳으로 돌아가 바다에 가라앉은 금을 모두 건져내었습니다. 세 사람의 황금을 독차지하게 된 것입니다.

'눈앞의 작은 이익 때문에 생명을 위태롭게 하지 말라'는 경고의 말이 있듯이, 상황에 따라서는 포기하고 놓아버리는 편이 오히려 더 많은 것을 얻는 유일한 방법이라는 것을 일깨워주는 일화입니다.

진정한 평화와 안정을 얻고 싶다면 탐욕을 이길 줄 알아야 하고, 평생 명예롭게 살고 싶다면 눈앞의 허영을 포기할 줄 알아야 합니다.

살아가면서 욕심을 줄이면서 절제를 한다는 것이 얼마나 어려운 일이고 중요한지, 다시 한번 깨닫게 됩니다. *

검소하고 겸손한 삶

대학생이 된 딸아이가 방에서 핸드폰으로 무엇인가 한참을 검색하길래 “무얼 그리 열심히 보고 있냐?”라고 물었더니, 아이는 “며칠 전 친한 친구가 지갑을 샀는데 너무 멋있어서 가격을 보았더니, 유명 브랜드라 너무 비싸서 다른 제품을 보려고 검색 중인데, 그 브랜드 역시 가격이 고가라서 갖고는 싶은데 살 수 없을 것 같다.”라고 한탄을 하고 있었습니다.

아이가 본 지갑은 명품으로 잘 알려진 유명 브랜드였습니다.

아이에게 “학생이 무슨 그런 값비싼 제품을 사려고 하느냐? 동네 시장에 가보면 싼 제품도 많은데.”라고 했더니, 아이는 기가 죽은 목소리로 “아빠, 요즘 분위기가 그래요. 형편대로 사는 것이지만, 명품 하나 정도는 다 가지고 있는 게 현실이에요.”라고 볼멘소리를 하였습니다.

고민하다가 대학교 입학한 기념으로 큰맘 먹고 그 지갑을 사주었습니다.

미국의 경제학자 소스타인 베블런Thorstein Bunde Veblen은 '상품의 가격이 비쌀수록 소비자의 구매욕이 더욱 상승한다'는 '베블런 효과'를 제시했는데, 이는 구매자의 소비행위가 단순히 물질적 만족이 아닌 대부분 심리적 만족감을 얻고 있는 부분이 있다는 것을 강조하고 있습니다.

고급 차를 구매하여 높은 지위를 과시하고 고가의 그림을 사들이는 것도 자신의 고상한 취미를 대외적으로 알리려 하는 데 목적이 있고, 고가의 상품을 사는 것도 부와 지위를 드러내려고 하는 심리에 기인한다는 것입니다.

한편으로는 가격과 품질의 상관관계에서 비롯된 소비자의 기대심리가 한몫을 하고 있는 것으로, 제품 간의 가격 비교를 위해 발품을 팔아야 할 상황에서 가격은 중요한 선택 요인이 되기도 합니다. '좋은 물건이라서 비싸다'라는 일반적인 인식이 '비싸니까 당연히 좋은 물건일 것이다'로 인식이 바뀌는 것입니다. 논리적으로는 맞지 않지만, 심리학적으로는 확실히 설득력이 있는 듯합니다.

서울 어느 장신구 매장에서 옥으로 만든 팔찌가 5만 원의 가격으로 팔리고 있었는데, 다른 매장에서 똑같은 팔찌가 3만 원의 가격으로 팔리고 있어 점원에게 "제품 품질이 달라서 가격이 다른가요?"라고 물었더니, 그 점원이 웃으면서 "솔직히 품질은 같죠. 다른 것이라면 가격만 다르죠."라고 대답하였습니다.

가격이 비싼데도 불티나게 팔리는 제품이 있는가 하면, 가격이 싸서 제품이 안 팔리는 현상은 세계 어디에서나 있을 것입니다.
물건의 품질을 제대로 감별할 수 없는 소비자 입장에서는 '싼 게 비지떡'이라는 생각을 갖고 있는 듯합니다.
물론 가격의 차이가 제품의 질 등 비교 이유가 있을 수 있지만, 분명한 건 소비자들이 현명한 판단을 하고 구매력을 키울 수 있는 능력을 가져야 한다는 것입니다. 그렇지 않으면 어디를 가든 '호갱호구와 고객을 합친 말로, 어수룩해 속이기 쉬운 손님을 뜻함'이 될 수밖에 없습니다. 판매자들이 입으로는 '고객님'이라면서 친절하게 굴지만, 실제로는 고객을 쉽게 보며 가격으로 우롱할 수 있기 때문입니다.

요즘 일부 젊은 층에서 '헬조선' '흙수저' '비혼족' 등 신조어가 생겨났습니다. 취업이 힘들고 살아가는 것이 막막한 현실을 비관하며, 물려받은 것 없는 자신의 상황과 심지어 결혼도 하지 않겠다는 사회적 세태를 반영하는 의미라고 합니다.
집값이 비싸니 집을 사겠다는 생각은 언감생심입니다. 그렇다 보니 사는 동안 즐겁고 재미있게 살다 가겠다며 분수에 맞지 않는 과소비, 과욕이 넘쳐나고 있는 것 같아 안타깝습니다.

'화개반 주미취花開半 酒微醉'란 말이 있습니다.
'꽃은 반쯤 피었을 때가 보기 좋고, 술은 약간 취했을 때가 기분이 좋다'는 뜻입니다.
모든 걸 다 가졌을 때 보다 오히려 약간 부족한 듯 가졌을 때가 행복

합니다.

사자는 배가 부를 때는 얼룩말이 지나가도 공격하지 않습니다. 사자는 배가 고플 때만 사냥합니다.
사냥할 때도 욕심내지 않고 실리만 챙깁니다. 건장하고 큰 사냥감이 아니라 작고 약해서 쉽게 잡을 수 있는 사냥감을 목표로 합니다.
필요 이상으로 덤비지 않는 것, 이것이 자연의 섭리이기도 합니다.

가득 찬 것보다 조금 빈 것이 좋은 것입니다. 뭐든 틈이 있어야 튼튼합니다. 채우는 일보다 더 중요한 일은 틈을 만드는 것일 겁니다. 전국시대 말기 사상가인 장자는 이를 '낙출허樂出虛'라고 했습니다.
최상의 즐거움은 텅 빈 것에서부터 온다고 했습니다. 그게 바로 텅 빈 충만입니다. 스케줄을 잡을 때도 일부러 여유시간을 많이 둡니다.
그래야 비상시에 차분히 대비할 수 있고 더 좋은 상황을 만들 수 있으며, 무엇보다도 마음이 평화로워지기 때문입니다.
이제라도 허영과 과욕을 버리고 겸손하게 자신을 성찰하는 인격의 도야陶冶가 중요할 것입니다.

요즘 세대는 얼마나 잘사는지, 얼마나 많이 버는지, 조건과 배경이 얼마나 좋은지를 비교할 뿐 문화적 소양이나 성품, 자기 수련 정도는 비교하지 않습니다. 그래서 갈수록 겉껍데기만 화려해지고 속은 텅 비어 가는 것 같습니다.
맹목적인 비교는 하면 할수록 피곤하고 괴로워질 뿐입니다. 지금 별다른 이유 없이 마음이 불편하고 힘들다면 자기 자신을 냉정하게 객관적으로 돌아보십시오.
혹시 다른 사람과 자신을 비교하면서 무조건 남을 부러워하고 있지는 않은가요? 다른 사람이 가진 명예나 물질, 지위는 모두 나와 무관합니다. 이 사실을 깨닫고 스스로 만족하는 비밀을 깨우치면 더 이상 맹목적인 비교를 하지 않게 됩니다.
그리고 맹목적인 비교가 그칠 때, 비로소 참된 행복이 찾아올 것입니다.

한비자에 나오는 옛 사자성어에 '학택지사涸澤之蛇'라는 말이 있습니다.
'물이 말라버린 연못 속의 뱀'의 이야기를 통하여 겸손을 이야기하고 있습니다.

어느 여름날 가뭄에 연못의 물이 말라 버렸습니다. 그 연못 속에 사는 뱀들은 다른 연못으로 갈 수밖에 없었습니다. 이때 연못에서 사는 작은 뱀이 나서서 큰 뱀에게 이렇게 말했습니다.
"당신이 앞장서고 내가 뒤따라가면 사람들이 우리를 보통 뱀으로 알고 죽일지도 모릅니다. 그러니 저를 등에 태우고 가십시오. 그러면 사람들은 조그만 나를 당신처럼 큰 뱀이 떠받드는 것을 보고 나를 아주 신성한 뱀으로 생각하고 두려워해 아무런 해도 끼치지 않고 오히려 떠받들려 할 것입니다."
큰 뱀은 이 제안을 받아들였고 뱀들은 당당히 사람들이 많은 곳으로 이동하였습니다.

말라버린涸 연못澤에서之 살던 뱀蛇이 생존할 수 있었던 것은 대왕뱀이 겸손했기 때문이라는 뜻입니다.
결국, 겸손은 자신을 위대하게 하기도 하지만 타인에게 큰 영향을 주기도 한다는 깨달음입니다. *

사모곡

개인적으로 영화를 좋아하기도 하지만, 작가로서 작품의 소재 거리로 영감을 얻기 위해 영화관을 자주 찾는 편입니다. 많은 영화를 보았는데 그중 특별히 기억에 남는 영화가 두 편 있습니다.
황정민 주연의 〈국제시장〉과 라미 말렉 주연의 〈보헤미안 랩소디〉입니다.

두 영화의 공통점이 있습니다. 〈국제시장〉에서는 1950년대 한국전쟁을 지나 부산으로 피란 온 주인공 덕수황정민가 가족들을 위해 돈을 벌러 이역만리 독일에 광부로 가는 장면이 나옵니다.
어려운 여건 속에서도 가족을 지키기 위해 굳세게 살아온 그때 그 시절, 가장 평범한 아버지의 가장 위대한 이야기라서 영화를 보는 내내 왠지 뭉클한 마음과 눈물로 영화를 보았던 기억이 있습니다.
내용 중에서 특히 "아버지가 보고 싶다." 장면이 떠오릅니다.
주인공 덕수가 할아버지가 되어서 명절을 맞아 그의 자손들이 한 자리에 모였고, 가족들은 거실에서 떠들썩하게 웃고 노래합니다.
그때 덕수는 안방으로 들어가 흑백사진 속의 아버지를 보고 울며 말합니다.
"아부지예, 내 약속 잘 지켰지 예? 이만하면 잘 살았지 예? 근데 내 진짜 힘들었거든 예."

전설적 록 그룹 퀸Qween을 소재로 한 〈보헤미안 랩소디〉에서는 주인공인 리드싱어 프레디 머큐리의 삶을 중심으로 그룹 구성원들과의 다양한 삶을 소개하는 것으로, 영화 속에서 프레디 머큐리가 어머니를 사랑하고 그리워하는 장면이 나옵니다.
그룹 퀸을 사랑하는 사람들이라면 대표적 노래인 '보헤미안 랩소디Bohemian Rhapsody'의 한 소절 정도는 누구나 기억할 것입니다.
이 노래는 "엄마, 방금 한 사람을 죽였어요Mama just killed a man"라는 가사로 시작되는데, 노래의 최고조에 이르러 살인자는 "맘마미아"를 외치며 엄마를 간절히 부르는 가사가 있습니다.
어머니에게 살인을 고해하는 이 가사 때문에 이 노래는 우리나라에서 1989년까지 금지곡으로 되어 있었습니다. 하지만 판매 금지에도 불구하고 음반은 은밀하게 복사판으로 만들어져 불티나게 팔려나갔습니다.
이 곡의 가사에서 눈길이 가는 것은 다른 사람에게 차마 털어놓을 수 없는 아픔과 회한을 마지막으로 고해성사하는 대상이 바로 '마마어머니'라는 점입니다.

동서양을 막론하고 이 세상의 모든 마마는 자식에 대한 절대적인 사랑과 어떠한 아픔마저도 같이 나누는 거룩한 존재임을 다시금 일깨워주고 있다는 생각이 듭니다.

우리나라에서뿐만 아니라 전 세계에서도 나를 지지해 주는 오직 한 사람은 바로 '마마' '엄마' '어머니'입니다.
깜짝 놀라거나 당황스러울 때, "엄마야!"라고 소리를 지르는 본능, 그리고 어려운 상황일 때 엄마부터 찾는 것은 어느 나라를 막론하고 같은 정서일 것입니다.
얼마 전 '세상에서 가장 아름다운 말'을 뽑았는데 1위로 선정된 단어는 역시 '어머니'였다 합니다.
세상에서 가장 아름다운 눈은 젖 먹는 자기 아이를 바라보는 어머니의 눈동자이며, 세상에서 가장 아름다운 모습은 아이에게 젖을 먹이는 어머니의 모습이라는 말도 있습니다. 어머니는 기다림과 그리움의 대명사입니다.

어머니! 그건 모든 인간의 영원한 안식처이자 고향 같은 존재입니다. 세상에서 나보다 나를 더 사랑하는 이가 바로 우리의 어머니입니다.

전해 들은 지인의 일화입니다.

엄마는 어린 딸을 고아원에 보냈다 합니다. 딸은 오랜 세월 동안 엄마를 원망했고, 아무리 생각해도 자신을 버린 것을 용서할 수 없었다 합니다.

딸은 시각장애인이었습니다. 앞 못 보는 자신을 버렸다는 생각에 평생 짓눌려 살았다 합니다.

세월이 흘러 어린 딸은 숙녀가 되었고, 젊었던 엄마는 노인이 되어 가고 있었습니다. 그러던 어느 날 모녀가 만났다 합니다.

딸은 엄마를 용서할 수 없다고 절규했고, 엄마는 그 딸의 모든 모습을 아주 작은 것까지 보고 싶었고, 느끼고 싶었다 합니다.

"어디 보자. 내 딸아!"

더듬더듬 자기의 얼굴을 만지는 엄마의 손을 느끼면서 딸은 그때서야 깨달았다 합니다.

"엄마도 앞을 못 보는 거야?"

앞 못 보는 엄마는 자신을 돌봐주던 남편을 잃고, 어린 딸을 키울 수 없었다 합니다. 그 딸을 살리기 위해 어쩔 수 없이 고아원에 맡긴 것이었습니다. 너무나 고통스럽고 힘든 선택이었습니다.

딸은 그 세월 동안 엄마를 원망했지만, 엄마는 그 긴 세월을 눈물로 보냈다 합니다. 그제야 딸은 엄마의 입장을 이해하게 되었고 하염없이 눈물을 흘렸다 했습니다.

2013년 4월 21일 강도 7.0의 강진이 중국 쓰촨(四川)성을 강타했습니다.

이 지진으로 많은 인명피해와 실종자가 발생했습니다.
그런데 기적 같은 일이 있었습니다.
'루산현' 주민인 저우한췬(49세, 女) 씨가 구조에 나선 이웃 주민들에게 폐허가 된 집에서 발견된 것입니다.
발견 당시 이 여인은 이미 숨진 상태였는데 그녀는 품 안에 무언가를 꼭 안고 있었습니다.
들춰보니 놀랍게도 그 여인의 품속에는 일곱 살 난 아들 양푸전 군이 있었습니다. 아들은 상처 하나 입지 않고 살아 있었습니다.
엄마는 죽어가면서도 아들을 살리기 위해 '생명싸개'가 되어 아들을 보호한 것입니다.
그녀가 자신의 생명을 바쳐서까지 아들을 살린 이유는 어머니의 거룩한 사랑, 계산하지 않는 초월적 사랑 때문이었던 겁니다.
사연을 접한 중국인들은 크게 안타까워하면서 어머니의 명복을 빌었습니다.

바쁜 일상생활로 부모님을 잊고 지내다가 방송이나 상대방과의 이야기 중 아빠, 엄마 이야기가 나오면 마음이 짠해지고, 어떨 때는 눈물이 흐르는 경우도 있습니다.
저는 모 방송 트로트 가요 프로그램에서 방송에 출연한 가수가 부른 김광석 씨의 '어느 60대 노부부 이야기' 노래를 듣다가 눈물을 흘린 적이 있습니다.
가사 속에 나온 내용이 황혼기에 접어든 부부의 애절한 내용을 담고 있어 노래를 듣는 내내 돌아가신 부모님이 생각났기 때문입니다.
그렇듯 우리의 가슴에 남아있는 아버지, 어머니는 소중한 대상이고 그 무엇보다도 중요한 관계일 것입니다. 저는 어머님이 돌아가셔서 안 계십니다. 지금도 어머니가 돌아가신 게 믿기지 않아서 마음이 많이 아픕니다. 간간이 핸드폰 속에 저장되어있는 어머니와의 추억을 끄집어내어 생각에 잠기곤 합니다.

'오마주Hommage'는 중세봉건에 어원을 둔 프랑스어이며, 경의·존경이라는 뜻으로 쓰였습니다. 예술 분야, 특히 영화에서 후배 감독들이 창조적인 업적을 남긴 감독들에 대한 존경을 나타내는 뜻으로, 꼭 반드시 영화 부분만이 아니라 광고 그리고 예술 분야에서 많이 사용되며 존경하는 사람의 스타일과 문법 등을 자신의 영화나 예술 작품에 일정 부분을 본떠서 반영하는 행위를 말하기도 합니다.
가끔 살아가면서 삶이 힘들고 지칠 때 부모님을 생각해 보십시오. 그 어떤 짜증과 넋두리를 다 받아주시는 부모님의 존재감을 체험하면서 다시 한번 숙연한 마음이 들 것입니다.
부모님을 향한 그리움과 감사함으로 살아 계실 적에 자주 찾아뵙고, 같이 식사도 하면서 살갑게 보살펴 드리는 '오마주'가 필요하지 않을까 하는 생각이 듭니다.

마음속에 담아 두었던 아버지, 어머니를 한번 불러 봅시다. 그리고 사랑한다고 꼭 말해 주세요. *

세렌디피티

seredipity

고대 물리학자인 아르키메데스기원전 287~기원전 212년의 일화 중, 왕이 왕관을 새로 만들어 이것이 진짜 순금인지 아니면 도금인지를 알아보라고 하였습니다. 고민하던 아르키메데스는 목욕탕에서 넘치는 물을 보고는 "유레카!"라고 외칩니다.

아르키메데스는 사람이 욕조에 들어가면 물이 차오르는 것에 착안하여 물질의 밀도에 따라 비중이 다르다는 것을 발견하였습니다. 즉, 서로 다른 물질은 같은 무게라 할지라도 차지하는 부피가 다르므로 물통에 집어넣었을 때 서로 다른 비중을 가지게 된다는 것을 깨닫게 된 아르키메데스는 옷을 입는 것도 잊고 뛰쳐나와 "찾았다그리스어로 유레카!"라고 외친 것입니다.

왕관과 같은 무게의 금을 비교한 실험으로 아르키메데스는 금 세공사가 속임수를 썼다는 것을 증명할 수 있었습니다. 생활 속의 작은 발견이 후대 물리학 발전에 금자탑을 쌓은 획기적 이론으로 남은 것입니다.

'세렌디피티 seredipityn'라는 법칙이 있습니다. '세렌디피티'의 세 왕자는 우화에서 유래된 이론입니다. 왕자들이 전설의 보물들을 찾아 떠나지만, 보물은 찾지 못하고 그 대신 계속되는 우연으로 지혜와 용기를 얻는다는 내용입니다.
이 이론은 미국의 사회학자 로버트 머튼 1997년 노벨 경제학상 수상자이 명명한 '운 좋은 발견의 법칙'이라고도 합니다.
실제 생활에 이용된 사례로, 미국의 한 연구원이 강력접착제를 개발하려다가 실수로 접착력이 약하고 끈적거리지 않는 접착제를 만들었습니다. 실패한 연구였지만 이를 보고 동료가 낸 아이디어로 '포트스잇'을 만들었다 합니다.
그는 "꽂아둔 책갈피가 자꾸 떨어져 불편했는데, 이 접착제로 책갈피를 만들자."라고 제안해서 3M을 만들었고, 전 세계적으로 유명해져 세계적인 회사로 발돋움하게 되었다 합니다.
이를 두고 심리학자들은 이런 행운은 매사 최선을 다한 이들에게만 찾아온다고 해서 '세렌디피티'의 법칙을 '준비된 자에게 찾아오는 우연'이라고 부른다고 합니다.

지인 중에 발명품을 많이 개발하여 특허 상품으로 판매하고 있는 분이 있습니다. 그를 안 지 오래되었는데, 그분을 생각하면 많은 존경심이 절로 납니다.
매사에 허투루 시간을 보내지 않고, 길을 걷다가도 아이디어가 생각나면 핸드폰 메모장에 기록해 두며, 메모들을 정리하여 좀 더 완성미 있는 제품을 개발하는 습관을 가진 분이었습니다. 그야말로 좋은 습관을 가진 사람입니다.

우주에는 인과의 법칙이 있습니다. 원인과 조건이 있으면 반드시 그에 상응한 결과가 생깁니다.

어떠한 일을 달성하기 위해 간절한 마음을 가지면 그와 동시에 목표를 달성하기 위한 적극적 실천이 따르게 됩니다.
농구계의 전설적 스타 마이클 조던은, "나는 지금까지 9,000번 이상의 슛을 놓쳤고, 결정적인 볼을 패스받고도 놓친 적이 26번이었고 인생에서 몇 번이고 실패를 거듭해 왔다. 그래도 포기하지 않았기에 성공할 수 있었다."라고 말했습니다.
또 에디슨은 전구를 발명했을 때 이렇게 이야기했습니다.
"나는 실패한 적이 없다. 다만, 10,000가지 잘못된 방법을 발견했을 뿐이다."

'마린보이'로 우리나라를 대표하는 박태환 수영선수는 자신의 노력이 120%라고 믿고 열심히 했지만, 예선에서 탈락한 적이 있었다 합니다.

그 당시 자신의 노력에 비해 결과가 좋지 않아 많이 실망했지만, 자신이 열심히 노력했기 때문에 결과에 연연하지 않고 다시 준비하여 이어진 경기에서는 당당히 금메달을 땄다며, 이렇게 당당히 말했습니다.

"세상에 안 되는 것은 없다."

'실패는 성공의 어머니'라고 했습니다.
포기하지 않고 도전하십시오. 쓰러져도 오뚝이처럼 또 일어나십시오. 지금, 우리에게 필요한 것은 그것입니다. *

궁합

인간의 삼라만상에 궁합이 있듯이 음식도 궁합이 있는 것 같습니다. 개인적으로 설렁탕을 좋아하는데, 허기진 배를 채우고 심신의 피로를 풀면서 기氣를 보충하는 데 이만한 음식이 없기 때문입니다. 몇 날 며칠을 푹 고아낸 육수로 정성스럽게 담아낸 설렁탕 한 그릇을 뚝딱 해치우고 나면 다리에서부터 힘이 불끈불끈 솟아오르고 몸속에서 보양 기의 열이 올라오는 것을 느끼는데 그 어떤 음식보다 개인적으로 궁합이 잘 맞는 음식이라는 생각이 듭니다.

설렁탕이라는 말의 유래에 대해서는 여러 가지 설이 있지만, 설렁탕은 고려 이후 조선조에 거쳐 매년 경칩을 지나 첫 돼지날亥日이 되면 동대문 밖 보제원普濟院 동쪽 마을지금의 서울 동대문구 제기동에 선농단先農壇을 쌓아두고 최초로 농사짓는 법을 가르쳐주었다는 신농씨神農氏를 기리고 그해의 풍년을 기원하는 제사를 지냈다 합니다. 이때 제사에 참여한 임금이 여러 신하와 함께 친히 밭을 갈고 논에

모를 심는 의식을 가졌고, 선농단에 제사를 지낼 때는 소와 돼지를 잡아서 통째로 상에 올려놓았는데 제사가 끝나면 소는 잡아서 국을 끓이고 돼지는 삶아 썰어서 내놓았다 합니다.
이날 만큼은 임금도 백성들과 함께 음식을 들었으며 많은 사람이 한꺼번에 먹기 위해서 큰 솥에다 국을 끓여서 말아 먹었다고 하는데, 소를 잡아서 끓인 국을 선농탕先農湯이라고 하던 것이 변해서 설렁탕이 되었다 합니다.
그리고 설렁탕은 '설렁설렁 끓인 것'이라는 뜻입니다. 이는 의태어 '설렁'과 한자말 '탕湯'으로 이루어진 것인데, 한민족의 고유한 민족 음식인 설렁탕은 소의 내장·뼈다귀 같은 것을 국물이 뽀얗게 되도록 푹 끓인 국입니다.

음식도 궁합이 있듯이 사람 관계도 궁합이 잘 맞는 사람이 있지 않을까 하는 생각이 듭니다.
매년 결혼 시즌이 되면 전국에 있는 유명 철학관에 선남선녀들이 결혼 전 궁합을 보기 위해 많이 몰려든다고 합니다.
"궁합이 좋고 안 좋고가 뭐 그리 중요하냐?"라고 혹자는 이야기합니다. 그렇지요! 궁합이 안 좋다고 사귀던 사람과 헤어질 수는 없지 않습니까! 그럼에도 어르신들은 사주팔자를 들먹이며 궁합을 강조해 왔습니다.
그런데 생각을 해보면 많은 사람이 결혼하지만, 이혼도 많이 하는 현 세태를 보게 됩니다. 여러 가지 이유로 자주 싸우고 힘들어하다가 참다 참다 끝내 이혼을 하게 되는 것을 보면 일정 부분 사람과의 관계에서도 궁합의 필요성이 있어 보이긴 합니다.
살아온 환경이 다르고 살아가면서 크고 작은 트러블로 마찰이 생기다 보면 부부간의 애정에 금이 갈 것입니다. 부부싸움에는 승자와 패자가 없습니다. 그래서 흔히 부부싸움을 '칼로 물 베기'라고 하잖아요.
상대방의 다름을 인정하며, 배려와 이해가 하루아침에 되는 건 아니니 그만큼의 시간과 노력의 투자가 반드시 이루어져야 합니다. 잠시 각자의 시간을 갖고 서로를 생각하는 여유를 가져보면 상대방의 마음이 어떤지 알 수 있습니다.

인생은 한 권의 책을 읽는 것과 같다는 생각입니다. 어리석은 사람은 대충 읽지만, 현자賢者는 공들여 책장을 넘깁니다. 부부관계나 인간관계가 다 마찬가지입니다.

믿게 보면 잡초 아닌 풀이 없고, 곱게 보면 꽃 아닌 잡초도 없으되, 잡초도 꽃으로 보이는 것입니다. *

소리 없는 아우성

동시대를 살아가는 많은 젊은이에게 '꿈과 희망'이라는 화두가 이제는 너무 상투적인 메시지로 전락한 지 오래입니다.
모든 언론매체에서 잊을만하면 꺼내 드는 논쟁거리의 핵심키워드로, 정쟁의 대상으로 삼고 있지만, 정작 젊은이들에게 와 닿지 않는 것은 무슨 이유일까요.
잘 알려진 논객들이 나서서 너도나도 젊은이들을 위한답시고 마치 자신의 어려웠던 청년 시절을 회상하며, 현실에 맞게 포장하여 이야기할 때는 잠깐은 고개를 끄덕이며 수긍하지만, 시간이 지나면 언제 그랬냐는 듯이 식상하고 공감하지 않는 것이 현실입니다. 철 지난 하나의 상품 거리에 지나지 않는 것이지요.

학창시절 꿈 많은 학생이 저마다의 목표와 계획을 세우고 하루하루 치열한 경쟁의 입시지옥에 내던져지고, 일취월장하는 자신을 다독거리며 세상에 내던져졌지만, 실상은 나약하기 짝이 없는 자신을 발견하고 현실의 벽에 맞닥뜨리다 이내 풀이 죽기 마련인 것을 알아채고 힘이 빠집니다.
하고 싶지만, 할 수 없고, 하려고 해도 되지 않는 사회의 구조적 모순에서 탈피하려고 안간힘을 쓰지만, 마치 투명한 어항의 한정된 공간에서 발버둥 치는 자신의 한계를 깨닫고 나니, 쓴웃음만 나올 뿐입니다.
'청년실업시대' '공시족' '비혼족' '캥거루족' 너무도 많은 청년의 현실을 대변하는 단어들을 들을 때마다 레알 '이생망이번 생은 망했다' 이라는 은어가 입에서 절로 나옵니다.
그렇다고 인생을 함부로 망가뜨릴 수 없지 않겠습니까?
어떻게든 살아남기 위해 사회의 벽을 뚫고 비집고 들어가야만 하는 상황에서 자신만의 개똥철학을 깨닫게 됩니다.

어차피 흙수저로 태어난 마당에 '죽기 아니면 까무러치기'이다.

이 시대를 살아가는 청년들이 떠오르는 태양을 바라보며, 활활 타오르는 용광로 같은 기백으로 그 어떤 어려움도 집어 삼킬만한 대담한 용기를 내어 다시 '사회의 전쟁터'로 나가게 될 때 우리는 큰 박수로 응원해야 합니다.
그들의 아픔과 고뇌는 우리 모두의 아픔과 고뇌입니다. 그들의 형편을 이해하고 그들을 위한 희망의 다리를 놓아주어야 합니다. 그것이 이 사회의 위정자들이 해주어야 할 의무일 것입니다.

정치는 정치대로, 기업은 기업대로, 자신만의 이데올로기에 몰입되어 나 몰라라 한다면 좌표 없이 바다를 이끄는 선장의 무책임한 항해만 있을 것입니다. 거기에 승선한 선원들은 그 선장의 무능함을 알지만, 어떻게 해볼 수도 없는 지경에 속앓이만 하게 될 것입니다.
배에서 뛰어내리고 싶지만, 망망대해에서 자신의 목숨을 담보한 모험은 쉽게 용기를 내기가 어렵습니다.

난세亂世에 영웅이 나온다지만, 그것도 이제는 낡은 무협소설에서나 나올 법한 소설 같은 이야기일 뿐입니다.
진짜 청년들이 울부짖는 이야기를 들어야 합니다. 그들의 함성이 메아리가 되어서 돌아오기까지 많은 이율배반적인 일들이 많았습니다. 그들의 '소리 없는 아우성'을 잘 알고 있을 것입니다.
그런데도 계속 겉만 맴도는 것은 정말로 그들을 위해 관심을 가지고 문제에 대한 해법을 제시하며 해결하려는 진정한 의지가 없기 때문입니다.
지금, 외교나 안보, 경제 상황보다 더 시급한 것이 청년들의 마음을 달래는 것입니다. 그들에게 꿈과 희망을 제시하여 그들이 미래를 책임지는 훌륭한 자산이 되도록 해야 합니다.

한 TV 아침방송에 셀트리온 서정진 회장이 출연하여 전 세계적으로 확산하고 있는 '코로나19'에 대한 이야기를 하면서, 자사에서 개발한 치료제를 국민 상대로 원가로 공급할 것이며, 그것은 기업의 의무라고 하였습니다.
또한, 치료제는 공공재로 외교적 판단과 함께 갈 것이라고 강조하면서, "기업은 이윤을 내는 것도 중요하지만 '우리'라는 가치로 직원들의 복지후생이 최우선이 되도록 하는 것이 초일류 기업으로 발돋움할 수 있는 국민기업이 되는 길이다."라고 하였습니다.
그간 보아 왔던 기업인의 이미지와는 다르게 신선함을 느꼈습니다.

맞습니다!
국가도 기업도 오롯이 국민과 함께하며, 국민을 위해 희생하고 헌신하는 것이야말로 진정한 선진국이고 존경받는 기업이 될 것이라는 믿음입니다.
그것이 주권국가·국민기업의 책무이자 의무입니다. *

결정장애

어떤 방송에서 어느 젊은 사람의 사연인 '결정 장애'에 대해 패널들이 열띤 토론을 벌이는 것을 보았습니다. 사연을 보낸 젊은 사람만의 문제가 아니라 현대를 살아가는 대부분 사람이 어느 정도씩은 가지고 있는 공통점이 아닌가 하는 생각이 들었습니다.
식사메뉴를 정할 때, 물건을 사러 갔을 때, 영화 보러 갔을 때 등 우리는 매 순간 결정을 내리기 위해 적지 않은 시간을 소요하게 됩니다. 그래서 1964년 〈존재와 무〉로 노벨문학상을 받았던 프랑스의 실존주의 철학자 샤르트르는 "인생은 BBirth, 출생와 DDeath 사이의 CChoice, 선택다."라는 유명한 말을 남겼습니다.

지중해 해변에 살던 들오리 한 떼가 추운 지역으로 이동하려고 한참을 날아가다 어느 한 마을을 지나게 되었습니다.
그런데 그중 한 마리가 아래를 내려다보니 아름다운 집 뜰에 집오리들이 옹기종기 모여 먹이를 먹는 모습이 보였습니다.

그 모습을 본 들오리는 무척 부러운 생각이 들었습니다. 그러자 마침 한쪽 날개가 아파온다는 것이 느껴졌고, 잠시 쉬어 가려는 생각으로 홀로 집오리가 있는 집 뜰에 내려앉았습니다.
들오리는 집오리들의 융숭한 대접을 받으며 며칠 신나게 놀며 지냈습니다. 그런데 문득 이래서는 안 된다고 하는 생각이 들었습니다. 그래서 다시 날아오르려고 날개를 퍼덕거렸지만, 그동안 살이 쪄서 날 수가 없었습니다.
'에이, 내일 날아가지 뭐.' 들오리는 내일, 내일 하며 많은 날을 집에서 보내게 되었습니다. 그렇게 몇 달이 지나갔습니다.
어느 날 들오리 떼들이 아름다운 수를 놓으며 날아가는 모습이 보였습니다. 정신이 번쩍 든 들오리는 날아오르려고 발버둥 쳐봤지만, 영영 날아오를 수가 없었습니다.

'내일로 미루자'라며 결정을 못 하고 주저하는 마음은 성공을 가로막는 '달콤한 속삭임'입니다.

우리는 태어나서 죽을 때까지 매 순간 선택을 해야만 한다는 것이지요. 그리고 영국 출신 유명 극작가인 버나드 쇼는 영국 옆의 섬나라 아일랜드의 수도 더블린 출생이지만, 영국에서 극작 활동을 했고 1925년 ≪피그말리온≫으로 노벨문학상을 수상했습니다.
잘 아시는 '피그말리온 효과'는 이 책이 출처이며 그 의미는 그리스 신화에서 조각가 피그말리온이 자기가 조각한 여인상을 너무 사랑하게 되었고, 이를 아주 가엾게 생각한 미美의 여신 아프로디테(로마가 아프리카를 정복하고 그리스신화를 로마신화로 바꾸며 신들의 이름도 로마말로 바꿈. 로마신화에서는 베누스. 영어 발음으로 비너스)가 조각상에 생명을 불어넣어 준다는 것으로, 심리학적 의미로 "너는 훌륭한 사람이 될 거야."라고 꾸준히 칭찬했을 때 실제로 아이의 잠재의식 속에 동기부여가 되어 훌륭한 사람이 된다는 등의 뜻으로 쓰이고 있습니다.

이와 관련 버나드 쇼가 현대인들에게 가장 많이 회자되는 그에 관한 사실 중 하나는 그가 사망하면서 자신의 묘비명에 남겨놓은 글 때문입니다.

우리는 그를 노벨상까지 수상한 성공한 작가로 생각하지만, 그 자신은 죽음을 앞둔 시점에서 자기 인생을 되돌아보니 매 순간 빠른 결정을 내리지 못하고 결정을 내리기 위해 허비한 시간이 가장 아쉬웠고 후회되는 순간들이었다고 말했습니다.

그래서 자신의 묘비명에 이런 말을 남겼습니다.

"우물쭈물하다가 내 이럴 줄 알았다."

그래서 현인들은 "결정은 빠를수록 좋고, 선택한 결정에 최선을 다하고, 가지 않은 길에 대해서는 절대 후회하지 말라."라고 하는 것이지요.

우리가 이 세상에서 유일하게 똑같이 평등하게 받은 것은 시간뿐입니다. *

감정이 복받쳐 혼자 남몰래 흘린 눈물이 있었습니다. 이제는 많은 사람의 아픔과 기쁨을 같이하며 눈물을 흘리고 싶습니다. 그런 눈물이 위대한 눈물일 테니까요.

Lesson 3
애 哀

메멘토 모리
Memento Mori

제가 다녔던 시골 중학교는 한 학년에 4개 반이 있었고, 반에서 1등, 전교에서 4등까지 하면 일종의 우수 장학금을 주는 제도가 있었습니다.
또한, 각 반에서 1등을 한 학생의 사진을 학교 현관 게시판에 게재하여 홍보하기까지 했습니다.
학교에서는 1등을 하라는 무언의 부추김으로 경쟁 분위기를 만들었고, 학생들 또한 기를 쓰고 열심히 공부하여 1등이 되고자 노력했던 기억이 있습니다.

40~50대가 된 분들은 어릴 적 '보릿고개'라는 말을 잘 알고 있을 것입니다.
대다수 농민은 추수 때 걷은 농작물 가운데 소작료, 빚, 이자, 세금 등 여러 종류의 비용을 뗀 다음에 남은 식량을 가지고 초여름 보리 수확 때까지 견뎌야 했습니다.

이때는 대개 풀뿌리나 나무껍질로 끼니를 때우거나 걸식과 빚으로 연명했으며, 유랑민이 되어 떠돌아다니기도 했습니다.
예로부터 우리나라는 하늘을 의지해 농사를 지었기 때문에 가뭄이나 홍수, 메뚜기에 의한 피해 등으로 굶주림이 심했고, 특히 봄에서 초여름에 이르는 동안에는 남은 식량으로 보릿고개를 넘기기가 어려웠습니다.
근래에 와서는 경제성장과 함께 농민들의 소득도 늘어나고 생활환경도 나아짐에 따라 보릿고개라는 말이 실감나지 않으나, 일제강점기 때와 8·15해방 뒤부터 1950년대까지만 해도 연례행사처럼 찾아오는 보릿고개 때문에 농민들은 큰 어려움을 겪었습니다.

연세가 지긋한 어르신들이 먹고살기 힘든 시절 배고픔을 달래기 위해 무엇이든 먹어야 했던 힘든 시절을 일컫는 말로 흔히 보릿고개 이야기를 많이 합니다.
그 당시 살기 위해 무엇이든 해야 했고, 살아남기 위해 열심히 일해야 한다는 강박관념이 내재하여 성공하기 위해 최고가 되어야 한다는 심리기제가 작용해 왔을 것입니다.
후진국에서 개발도상국을 거쳐 아시아의 경제성장을 이끌었던 네 마리 용(龍)중 한 마리였던 우리나라가 '한강의 기적'을 이루어 낸 것도 이런 '1등 주의'가 있었기 때문에 가능했다는 생각입니다.

강원도 한계령으로 가는 중턱에 시원하게 뚫린 넓은 도로가 있습니다.
도로 양옆은 꽃과 나무로 가득하고 온갖 나비가 춤을 추는 등 멋진 풍경을 자랑합니다.
그런데 이 도로에 '천천히 가면서 즐겨보세요'라고 적힌 표지판이 보였습니다. 사람들이 얼마나 정신없이 지나가 버리면 이런 표지판이 다 등장했을까요. 아마 목적지에 한시라도 빨리 가겠다는 일념으로 내달리느라 숨 막히도록 아름다운 절경이 바로 눈앞에 있는데도 보지 못하고 지나치는 것이 아닐까 하는 생각이 들었습니다.
과거에는 우리도 이웃과 소소한 집안일부터 대소사大小事까지 서로 이야기하고 나누는 시간적 감정적 여유가 있었는데, 요즘은 어떻습니까?
"바쁘고, 또 바쁘고, 눈썹이 휘날리도록 바쁘다!"
오죽하면 "잘 지내십니까?"라는 인사보다 "많이 바쁘시죠?"라는 말을 더 많이 할까요.
묻는 사람도 대답하는 사람도 바쁘다는 것을 기정사실로 받아들이고 있는 세상입니다.

우리가 세상을 살아가면서 방향과 목적에 있어서 어느 정도의 속도가 필요한 것은 사실입니다. 하지만 지나친 속도는 오히려 해가 될 수 있습니다. 사회는 '빠르게, 더 빠르게, 1등, 일류, 성공'을 외치며 부추기고 있습니다.
그렇게 남보다 앞섰다고 인생이 행복할까요?

수단과 방법을 가리지 않고 냉혹한 경쟁에서 이기심으로 살아남은 자가 한편으로는 승리한 것으로 보일지 모르겠습니다.
혹자는 일류, 1등이 아니면 살아남지 못한다고 말하지만, 이류, 삼류도 사회의 중요한 구성원이고 얼마든지 살아남아 성공할 수 있습니다.

우리 인생의 이정표는 어디입니까? 결국, 자신입니다.
한 그루의 나무가 거목으로 성장하기까지 모진 비바람을 이겨내고, 살아남기 위한 자양분을 자족 수급하며 사계절의 오랜 시간을 견뎌낼 때 비로소 숲을 구성하는 하나의 나무가 되는 것입니다.
앞만 보고 거침없이 달려가는 삶보다는 여유를 가지고 구불구불 돌아가는 삶도 좋습니다. 직선이 아닌 곡선의 묘미를 알고 여유를 가지고 사는 삶도 나쁘지만은 않은 것 같습니다.
톨스토이는 이렇게 말했습니다.
"가난의 고통을 없애는 방법은 두 가지다. 수단과 방법을 가리지 않고 재산을 늘리거나, 욕망을 줄이는 것. 전자는 개인의 능력에 따라 한계가 있지만, 후자는 언제나 마음가짐으로 가능하다."

가난은 결코 부끄러운 것이 아니라, 불편한 축복이라는 생각입니다.

대구에 가면 치유의 공간으로 유명한 대교구 성모당이 있습니다.
이곳에는 항상 삶의 슬픔과 아픔을 위로받고자 하는 신도들의 발걸음이 끊이지 않는 곳이기도 합니다.
성모당의 비석에는 '오늘은 나, 내일은 너Hodie mihi, Cras tibi' 라는 글귀가 새겨져 있습니다.
죽음은 누구에게나 다가올 것이며, 늘 삶 속에서 공존한다는 강렬한 메시지가 도심 한가운데 있다고 할 수 있겠습니다.

우리 주위를 한번 둘러보십시오. 마치 가지고 있는 부와 명예가 영원할 거라고 치부하고 있는 듯 권세를 누리고 있는 분들이 있습니다.
건강도 마찬가지입니다. 지금 건강하다고 자부하는 분들이 평생 그렇게 건강하게 살 것처럼 느끼고 있는 분들도 있을 것입니다.
그러나 앞으로 자신의 삶은 그 누구도 알 수 없습니다.
지금, 이 순간을 즐겁고 행복하게 즐기십시오.

메멘토 모리Memento Mori! *

눈물의 의미

죄를 지은 사람들이 법정에서 반성하며 사죄하는 마음으로 피해자들에게 눈물을 흘리는 모습을 본 적이 있습니다. 그 눈물의 의미가 그렇게 진정성이 느껴지지 않았습니다. 그야말로 '악어의 눈물'로 보였습니다.
악어는 잔인하고 징그럽고 인상이 험악합니다. 그래서인지 서양에서는 악어를 위선의 상징처럼 여기고 마음에도 없이 흘리는 위선적인 눈물을 '악어의 눈물'이라고 합니다.
셰익스피어도 〈헨리 6세〉 〈오델로〉 등의 작품에서 곧잘 그 말을 쓰고 있는데 이는 당시의 문헌에 "악어가 물가에서 사람을 발견하면 이를 죽인 다음 그를 위해 눈물을 흘려가며 먹을 것이다."라고 한 데서 따온 것이라 합니다.

1388년 봄, 요동중국 라오닝 성 남쪽의 반도. 예부터 한민족들이 지배한 중국지역을 치고자 계획한 우왕과 최영 장군은 이성계를 우군통도사에 임명했는데 이성계는 우왕 앞에서 간절히 반대 의사를 청하였으나 받아들여지지 않았다고 합니다.
이성계의 반대 이유는, 전쟁하면 패전할 수밖에 없는 객관성 있는 사유를 건의 드리고 만류하였으나 우왕으로서는 포기할 수 없었다 합니다. 이미 최영을 팔도도통사로 임명하고 국가 최대의 거사로 일전의 채비가 완료된 상황이었기 때문입니다.
이성계는 다시 한번 우왕 앞으로 나아가 간곡히 청원했으나 거둬 주지 않자 통곡하며 눈물을 흘렸다 합니다. 이것이 곧 준비된 '용龍의 눈물'이었을 겁니다.

눈물의 의미는 참으로 복잡하고 미묘합니다. 누가 어떤 상황에서 흘리느냐에 따라 악어의 눈물이 될 수 있고, 용의 눈물이 될 수 있을 겁니다.
누가 흘리든 눈물은 가벼울 수 없습니다. 눈물을 흘리는 사람의 모든 마음이 담겨 있기 때문입니다.

언젠가 대중 화장실을 이용하러 들어갔다가 벽에 붙어 있는 재미있는 문구를 보았습니다. '남자가 흘리지 말아야 할 것은 눈물만이 아닙니다.' 소변을 볼 때 오줌 방울을 소변기 바깥으로 흘리지 말아 달라는 의미를 '눈물'이라는 단어를 넣어 가볍고 재미있게 표현한 위트성 문구라 할 수 있겠습니다.
남자 화장실의 소변기 위에 '화장실을 깨끗이 사용하세요!'라는 문구를 붙여 놓으면 사용자들에게는 은밀한 장소에서 훈계를 받는 느낌이 들기 때문에 화장실 문화 개선이라는 목적을 달성하기는 쉽지 않습니다.

다소 재미있으면서도 사소한 시도로 큰 효과를 본 방법으로, 소변기 내부 중앙에 파리 모양의 스티커를 붙여 놓아 사용자가 소변을 보면서 소변기 중앙에 붙은 파리를 겨냥하고 싶은 흥미를 유발시키고, 소변도 파리 스티커 쪽으로 보게 됨으로써 실제 스티커를 붙이기 전보다 스티커를 붙이고 난 후 소변기 밖으로 튀는 소변의 양이 80퍼센트 정도 줄었다는 흥미로운 이야기가 있습니다.
이런 것이 '넛지 효과'의 한 유형일 수 있을 것입니다.
'넛지'는 미국 시카고대학교 경영대학원의 행동경제학자이자 노벨경제학상을 받은 리처드 탈러 교수와 하버드대학교 로스쿨의 캐스 선스타인 교수가 제시한 개념인데요. '넛지'는 '팔꿈치로 슬쩍 찌른다'는 뜻으로 사람들의 선택을 일정 방향으로 유도하기 위해 직접적이고 강제적인 메시지를 사용하는 것이 아니라 눈치채지 못할 정도로 간접적이고 은유적인 방식으로 개입하는 전략을 말합니다.

방송을 보면서 간혹 눈물을 흘린 적이 있습니다. 방송에 나온 사람 중 일찍 사별한 부인을 그리며 노래를 부른 사람, 중환자실에 입원해 있는 어머니를 간병하면서 누워있는 어머니를 바라보며 우는 딸, 부모가 이혼하여 한참을 만나지 못하다가 어버이날 만나서 부모와 자식이 서로 부둥켜안고 우는 모습을 보면서 눈물의 의미를 되새겨 보았습니다.
그 눈물은 감동의 눈물이었고, 진심이 묻어난 마음의 눈물이었습니다.
저 역시 많은 눈물을 흘려 보았습니다.
감정이 복받쳐 혼자 남몰래 흘린 눈물이 있었습니다. 이제는 많은 사람의 아픔과 기쁨을 같이하며 눈물을 흘리고 싶습니다. 그런 눈물이 위대한 눈물일 테니까요. *

절제된 삶의 미학

요즘 방송을 보면 다양한 음악 방송에서 치열한 경쟁을 거쳐 최종 승자를 가려내는 프로그램이 많은데, 얼마 전 한 방송국에서 주부들을 대상으로 프로그램에 출연한 많은 분의 다채로운 이력을 청취하였습니다.
출연자들은 저마다 많은 사연을 가지고 무대 위에 서서 한恨 많은 노래를 대중들에게 뽑어냈습니다. 그들의 아픈 삶을 들으면서 왠지 모를 가슴의 먹먹함에 한참 동안 눈물을 쏟아 내었습니다.
동병상련은 아니더라도 살아오면서 짓눌린 삶의 무게감에 타인의 처지가 남 일처럼 느껴지지 않았습니다. 그들이 느낀 '희로애락'을 같이 공유하게 된 것입니다.

한편으로, 젊은 층에서 많이 시청하는 방송국 Mnet에는 중고생들을 비롯하여 젊은 청소년들이 자신만의 춤과 노래를 통하여 자웅을 겨루는 프로그램이 있었습니다.

저의 자녀도 그 프로그램에 신청하여 예비심사를 거친 적이 있습니다. 저는 그때 아이의 패기에 찬사를 보내 주었습니다.

교육방송 EBS 어린이 프로그램 교육용으로 만든 캐릭터로 2030 직장인들에게 '직통령직장인들의 대통령'으로 불리고 있는 '펭수'가 "눈치 챙겨, 다 잘할 수 없다. 잘하는 게 분명 있을 테고 그걸 더 잘하면 된다!"라는 사이다 발언을 하였는데, 요즘 청소년들의 '티모스소년 다윗이 골리앗 앞에서 보여 주었던 패기를 뜻함' 같은 저돌적인 도전정신은 결과를 떠나 좋은 패기라는 생각이 듭니다.

솔개는 가장 장수하는 조류로 알려져 있습니다. 솔개는 최고 약 70살의 수명을 누릴 수 있는데 이렇게 장수하려면 약 40살이 되었을 때 매우 고통스럽고 중요한 결심을 해야만 합니다.
발톱이 노화하여 사냥감을 그다지 효과적으로 잡아챌 수 없게 됩니다. 부리도 길게 자라고 구부러져 가슴에 닿을 정도가 되고, 깃털이 짙고 두껍게 자라 날개가 매우 무겁게 되어 하늘로 날아오르기가 나날이 힘들게 됩니다.
이즈음이 되면 솔개는 먼저 산 정상부근으로 높이 날아올라 그곳에 둥지를 치고 머물며 고통스러운 수행을 시작합니다. 먼저 부리로 바위를 쪼아 부리가 깨지고 빠지게 만듭니다. 그러면 서서히 새로운 부리가 돋아나는 것입니다. 그런 후 새로 돋은 부리로 발톱을 하나하나 뽑아냅니다.

그리고 새로 발톱이 돋아나면 이번에는 날개의 깃털을 하나하나 뽑아내고, 이리하여 약 반년이 지나 새 깃털이 돋아난 솔개는 완전히 새로운 모습으로 변신하게 됩니다.
그리고 다시 힘차게 하늘로 날아올라 30년의 수명을 더 누리게 된다고 합니다.

고대 그리스의 철학자 플라톤기원전 427~347은 '소프로시네그리스어로 매사 신중하게 생각함이라는 의미'로 삶을 살아가면서 선의의 경쟁도 필요하다 했습니다. 거기서 파생되는 도전, 패기도 또한 중요할 것입니다. 그러나 절제된 삶의 미학이 무엇보다도 중요합니다.
우리가 알고 있는 이솝우화 중에 '황금알 낳는 거위'라는 이야기가 있습니다. 내용은 어떤 농부에게 매일 황금알을 하나씩 낳아주는 거위가 있었습니다. 이 거위는 농부에게 큰 이익을 안겨주었습니다.
거위 덕에 게을러지고 욕심이 잔뜩 생긴 농부는 거위의 배에 황금이 가득 들어 있을 것으로 생각하고 거위를 죽여 배를 갈라 보았지만, 그 속에는 황금이 하나도 없었다는 이야기입니다.
금을 더 이상 갖지 못하게 된 어리석은 농부는 부자가 될 기회를 영영 놓쳐 버린 것입니다.

아프리카 원주민들에게는 '개코원숭이'를 잡는 방법이 있다 합니다. 나무상자 안에 개코원숭이가 좋아하는 먹이를 두고 상자 위에 구멍을 뚫어두면, 냄새를 맡고 찾아온 원숭이는 앞발을 넣어 먹이를 움켜쥔다고 합니다.
한번 먹이를 움켜쥐면 절대 놓지 않는 버릇 때문에 개코원숭이는 끝내 앞발을 빼지 못해 붙잡히고 맙니다. 작은 것먹이에 대한 집착이 결국 목숨까지 위태롭게 만든 것입니다. 지나친 욕심이 화禍를 부른 것입니다.
모든 일에는 순리가 있고 욕심을 버리면 안 된다는 교훈이 담긴 우화라고 할 수 있겠습니다. 우리가 인생을 살아가면서 이와 같은 과오를 범할 경우가 종종 있을 것입니다.

현자賢者는 고기를 잡아주는 것보다 고기를 잡는 방법을 가르쳐 줍니다.

그래야만 인생을 살아가면서 어려움을 겪을 때마다 현명하게 난관을 극복할 수 있게끔 자생력을 키워줄 수 있기 때문일 것입니다.
젊음의 패기로 도전하면서 세상에 나아가는 것도 중요하지만, 많은 시행착오를 겪은 연륜 있는 역전의 용사들의 경험도 무시할 수 없는 것입니다.
부족한 것은 채우고 모르면 고개를 숙이면서 새로운 것을 받아들이는 성숙함이 결국 자신을 더 위대한 용사로 거듭나게 하는 것이라는 생각이 듭니다. *

초심

정부의 고위직으로 근무하는 공직자를 만났습니다. 그분과 모처럼 식사를 하면서 많은 이야기를 나누었습니다. 자연스레 가족에 관한 이야기를 하다가 그분의 아픈, 오래전 개인사를 듣게 되었습니다.
내용인즉, 처음 공직에 입문하여 열심히 일했고 허투루 시간을 보내는 일 없이 하루하루 최선을 다하여 근무했으며, 그 덕에 동기들에 비해 승진도 빨랐고, 맞벌이하면서 매월 받는 보수를 알뜰히 저축하면서 어느 정도 경제적 형편도 좋아졌다 했습니다.
실로 젊은 나이에 동년배 누구보다도 명예와 부를 거머쥐어 남부러울 게 없었다고 했습니다.
그러던 중, 우연히 지인이 주식을 권유하여 주식에 손대게 되었고, 그간 모았던 많은 돈을 주식에 투자하여 전 재산을 다 날리게 되었다 합니다.

저축한 돈이 모두 증발해 버리고, 살던 집까지 정리하여 공무원 임

대아파트로 거처를 옮기게 되었다 했습니다.
설상가상으로 어머니를 모시고 살았는데, 집안 환경이 확 바뀌다 보니 어머니에게 불효를 저지른 것 같아 마음이 괴로웠다 했습니다. 오랫동안 후회와 반성으로 지내면서 자신을 많이 질책하며 살아왔다고 합니다.
그 이후, 심기일전하여 전보다 더 열심히 공부하고 일하며, 알뜰살뜰 살면서 지금 그 누구도 가보지 않은 자신의 입지를 굳혔다고 했습니다. 그야말로 극과 극을 달린 것이었습니다.
만약 그때 주식투자 실패로 만신창이가 된 자신을 질책하고 실의에 빠져서 하루하루 방탄하게 살았다면 지금의 자신은 없었을 거라 했습니다.
자신의 과오로 악조건에 빠진 것도 '초심初心'을 잃었기 때문이라 했으며, 지금의 성공에 이른 것도 초심을 버리지 않고 모든 일을 열심히 했기 때문이라 했습니다.

세상의 많은 사람이 삶을 살다 보면 예제 없이 쉽게 잃어버리는 것이 있습니다. 바로 초심입니다. 초심은 처음 품는 마음이자 다짐하는 마음이라고 할 수 있습니다.
무엇인가를 시작하면서 가졌던 순백의 좋은 마음이라고 할 수 있겠습니다.
그러한 초심은 항상 순수하고 겸손한 마음에서 시작되는 것입니다. 초심은 투명한 백지와도 같습니다.

세월이 흐르면서 반복된 삶에 익숙해지고, 바쁜 삶에 매몰되다 보면 순수한 초심을 잃고 복잡한 마음과 잘못된 마음으로 엉뚱한 결과를 초래하는 것을 종종 보게 됩니다.
살다 보면 이러한 초심을 지키기가 쉽지 않다는 것을 잘 알고 있습니다. 자존심이 강해지고 자신의 욕구가 강해지다 보면 초심을 잃어버리고 자신도 모르게 위기를 맞게 됩니다.

인생의 위기는 항상 초심을 상실할 때 찾아오게 됩니다. 초심을 상실했다는 것은 변심했다는 것이고, 그 안에 나만의 욕심이 넘쳐났다는 것을 내포하고 있습니다.
초심의 적敵은 욕심입니다. 욕심은 자신의 감정과 자신의 자아를 통제할 수 없습니다. 어떤 일을 함에 있어 순수한 마음의 열정도 상실되고 변칙적인 자기 이익만 추구하게 됩니다.
하던 일이 실패하든지, 성공하든지 그 결과에 집착하지 말고 항상 자신이 나아가야 할 인생에 초심을 잃지 말아야 할 것입니다.

양키즈의 유명한 야구선수였던 요기 베라Yogi Berra는 가난을 피해 미국으로 건너온 이탈리아 이민자 집안의 막내로 태어나 세인트루이스에서 불우한 어린 시절을 보냈다고 합니다.
돈이 없어 중학교 2학년 때 중퇴를 하고 공사장을 전전했지만, 야구를 하겠다는 꿈만은 접지 않았다 합니다.
천신만고 끝에 뉴욕양키즈에 입단했지만, 입단 테스트를 한 관계

자들은 “성공해 봤자 마이너리그 트리플A가 고작이다!”라는 혹독한 평가를 하였다 합니다.
그렇지만 그는 자신의 선택을 단 한 번도 후회하지 않았고 좌절하지도 않았으며, 17년간 양키즈에서 선수 생활을 하면서 열 번이나 월드시리즈 챔피언에 오르는 훌륭한 야구선수가 되었습니다.
이후, 지도자로 활동하며 성적이 좋지 않았던 뉴욕메츠 팀을 결국에는 월드시리즈까지 진출하게 하는 등 지도자로서의 역량도 발휘했습니다.
그는 어떤 순간에도 초심을 잃지 않았다고 했습니다.

It ain't over til it's over.
끝날 때까지는 끝난 것이 아닙니다.

초심은 교만하지 않고 처음 맘먹었던 상태를 유지하며, 기본으로 돌아가는 마음일 것입니다. 더불어 사는 사회에서 남을 유익하게 하고 행복한 삶을 살며, 아름다운 성공을 이룰 수 있는 비결은 결국, 초심을 잃지 않는 것일 겁니다. *

봉사와 고귀한 희생

지하철을 타고 가다 겪은 일입니다. 중년의 한 남자가 좌석에 앉아 있다 갑자기 앞으로 고꾸라지며 전동차 바닥에 쓰러졌습니다. 승객들이 웅성거리며 발을 동동 구르고 있었습니다.

그러나 그 많은 승객 중에 어느 누구도 응급처치를 하거나 신고하는 사람이 없었습니다.

급한 나머지 저는 119로 전화를 하여 다급한 목소리로 빨리 현장으로 출동해주기를 요청하였습니다.

지하철 안에 있던 승객들은 응급 전화를 하고 있는 저의 전화 소리를 듣거나, 쓰러진 남자를 힐긋힐긋 보는 것이었습니다. 오히려 전화한 제가 민망할 정도였습니다.

그때 문득 '키티 제노비스 사건Murder of kitty Genoves'이 생각났습니다.

1964년 뉴욕시에서 키티 제노비스kitty Genoves라는 여성이 강도에게 살해당하는 사건이 발생하여 사건이 죽음에 이르게 되었는데,

이후 이와 같은 상황을 피해자의 이름을 따서 '제노비스 신드롬by stander effect' 또는 '방관자 효과'라고 하고 있습니다. 각박한 현대 사회에서 얼마든지 일어날 수 있는 상황이라는 생각이 듭니다.

한편, 자신의 목숨을 바쳐서 남을 구한 의인義人도 많습니다.
인천광역시 강화도 동문안길에 가면 고故 정옥성 경감전 강화경찰서 근무의 흉상이 있습니다.
그는 2013년 3월 1일 23시경 자살을 시도하는 한 남자가 있다는 112신고를 받고 현장에 출동하여 바다로 들어가는 자살 기도자를 구하려다 안타깝게 물살에 휩쓸려 순직하였습니다.
국민의 생명을 구하기 위해 조금도 주저하지 않고 바다에 뛰어들었다가 순직한 의인입니다. 그의 살신성인 정신을 기리기 위해 흉상을 건립하였습니다.

봉사나 기부를 통해 행복감을 느끼며 사는 분들도 많습니다. 남을 위해 헌신하고 봉사하는 것이 얼마나 고귀한 일인지 잘 아실 것입니다. 그들은 왼손이 하는 일을 오른손이 모르게 하라는 숭고한 정신을 실천하는 분들입니다.
연말연시 동사무소 전화 부스에 매년 얼굴 없는 천사가 불우 이웃을 위해 써달라고 현금, 동전을 넣은 저금통을 놓고 간다거나, 수십 년간 폐지를 모아서 번 돈을 불우한 학생들을 위해 써달라고 대학교에 기탁을 하시는 분, 기타 다양한 방법으로 선행을 베푸는 천사들이 많습니다.
봉사와 희생은 누구나 할 수 있다고 생각하지만, 아무나 할 수 있는 것은 아닐 것입니다. 비록 자신의 일이 아닌데도 기꺼이 주저하지 않고 도와주는 가슴 따뜻한 사람을 만날 수 있다면 그건 행운을 불러 주는 귀한 인연이 될 것입니다.

미국 기상학자인 에드워드 노턴 로렌즈Edward Norton Loreng가 1961년 어느 날 기상관측을 하다가 한 가지 의문을 가졌습니다.
그것은 '브라질에 있는 나비의 날갯짓이 대기에 영향을 주고 시간이 지나 증폭되어 미국 텍사스에 토네이도를 발생시킬 수 있겠는가?Does the flap of a butterfly's wings in Brazil set off a tornado in Texas?'이었습니다.
이 의문은 훗날 물리학에서 말하는 '카오스 이론'의 토대가 되었습니다.
지구상의 어느 지역에서 발생한 작은 움직임이 '토네이도'의 시발점이 될 수도 있다는 내용입니다. 이를 우리가 흔히 알고 있는 '나비효과'라고 부릅니다.

어렵고 힘들게 살아가는 소외된 사람들을 위한 작은 봉사와 희생이 세상에 큰 울림이 되어 더불어 사는 공동체 가치를 정립할 수 있는 '나비효과'가 되기를 기대해 봅니다. *

소통

평소 알고 지내던 대기업 임원의 이야기를 들었습니다.
그 임원은 직원들이 결재하려고 가지고 온 보고서가 성의가 없고 내용에 하자가 있어 수차례에 걸쳐 지적하고 개선을 요청하였음에도 불구하고, 반복적이고 성의 없는 보고서로 계속 결재를 들어오는 것에 화가 많이 난다고 했습니다.
심지어는 직원들이 자신을 무시하고 있다는 생각까지 든다며 굉장한 스트레스를 받고 있다고 했습니다. 저에게 말 안 해도 될 회사의 일들을 이야기하며 직원들에 대해 불만 섞인 넋두리를 늘어놓기까지 했습니다.
가만히 그 임원의 이야기를 듣다 보니, 직원들 때문에 화가 단단히 나 있는 임원의 입장이 이해가 되긴 했지만, 한편으로는 임원이 좀 너그럽게 이해하고 직원들과 '소통疏通'이 부족한 것이 아닌가 하는 생각도 들었습니다.

막상, 양 당사자들의 이야기를 듣는다면 임원의 입장이 있을 수 있고, 직원들이 변명 아닌 해명 차원의 설득력 있는 입장도 있을 수 있을 것입니다.
서로가 오해가 있다면 풀 수 있을 것인데, 부하직원이 상사의 지적에 대해 왈가왈부 언급을 하고 해명하기에는 현실적으로 쉽지 않을 것입니다. 결국, 소통의 문제로 귀결될 수밖에 없습니다.
임원이 당사자인 부하직원을 불러 식사를 하든지, 차를 마시면서 자연스럽게 이야기를 나누다 보면 서로의 입장을 이해하게 되고 나아가서 오해가 풀리면서 상사와 부하직원 간의 인간관계가 일정 부분 개선과 보완이 이루어질 것입니다. '소통의 부재'가 문제인 것입니다.

사실, 저는 평소 그 임원이 사내에서 소통의 귀재이고, 소통을 많이 강조하셨던 분이라, 대인관계 및 소통을 잘하는 훌륭한 분이라고 알고 있었습니다.
그런데 저에게 들려준 직원들과의 갈등 관계에 대한 이야기를 듣고 보니 좀 의외라는 생각이었습니다. 소통의 달인이 소통으로 스트레스를 받고 있다니, 이야기를 하고 있는 중에 부하직원들이 자신에게 한 과실과 마음 상하게 했던 업무적 행동이 분하다며 '화병火病'에 걸릴 지경이라고 분개했습니다.
대략난감했습니다. '뭐, 그 까짓것 가지고 그래?' 저는 속으로 잠시 제삼자 입장에서 편하게 일갈하고 대수롭지 않게 받아들였습니다.

그러나 곰곰이 생각해 보면 얼마나 속상했으면 화병이 날 정도로 화가 났겠냐는 생각입니다.

화병은 표출되지 못하고 억압된 분노가 정신적, 신체적 증상으로 나타나는 것을 말합니다.
정신분석학적으로 'Hwa-byung'으로 표기하며 한국인에게 많은 특이한 분노증후군으로,화병이 분노를 과도하게 억제함으로써 발생하여 우울증, 소화불량, 식욕부진으로까지 나타날 수 있다고 합니다.
'화병'을 제때 풀지 않으면 '화병'도 그야말로 병이 되는 것입니다.

4차 산업혁명 시대에 필요한 것은 '소프트스킬'인데, 이것은 직관력, 배려, 공감 능력, 그중에서도 가장 중요한 것은 '의사소통'이라는 생각입니다.

많은 기업의 CEO들이 틈만 나면 직원들에게 경영환경의 변화를 인지시키고 어떤 준비를 하면 좋을지 직원들과 머리를 맞대고 회의를 하고 있습니다.
"끓는 물에 집어넣은 개구리는 바로 뛰쳐나와 살지만, 물을 서서히 데우는 찬물에 들어간 개구리는 위험을 인지하지 못하고 결국 죽게 된다."라는 '삶은 개구리 증후군'의 예를 들면서 말입니다.
점진적 변화에 대해 적절한 조기대응을 하지 못하면 결국 화를 당하게 된다는 이야기입니다.

세상은 '준비된 자와 준비되지 않은 자' 그라고 '소통을 잘하는 자와 소통을 잘하지 못하는 자'로 나뉩니다. 기업이 지속적인 변화와 혁신, 소통을 통해 성과를 내는 것은 모든 경제발전의 원동력이 된다고 생각합니다.

4차 혁명시대 창의적인 인간형을 뜻하는 '호모 크리에이티브Homo creative'가 새로운 주역으로 떠오르고 있습니다.
산업화시대 아웃소싱이나 자동화로 대체하지 못하는 창의력이 국가 경쟁력으로 직결되는 시대가 된 것입니다.
산업화시대는 머리가 좋고 순종적인 인재가 필요했지만, 4차 혁명시대는 톡톡 튀는 개성과 아이디어를 갖춘 인재가 절대적으로 요구되는 시대입니다.
좋은 인재를 발굴하고 그 인재가 가진 능력을 최대한 발휘할 수 있도록 하려면 가장 중요한 것은 역시 '소통'일 것입니다.
소통은 나이, 성별, 지위 고하를 막론하고 필요한 것입니다. 소통은 잠시만의 행위나 말이 아닙니다. 평생에 걸쳐서 해야 할 노력일 것입니다.

21세기 IT혁명을 이끈 애플의 창업자 스티브 잡스는 췌장암에 걸린 후, 투병 생활과 함께 자신의 삶을 마무리하는 과정에서 이렇게 말합니다.
"나는 비즈니스 세계에서 큰 성공을 거두었습니다. 내가 가져갈 수 있는 것은 오직 사랑에 의해 만들어진 추억들뿐입니다."
그리고 한마디를 덧붙였습니다. "이 말은 삶을 행복으로 이끄는 소통에서 가장 중요하다."라고 말입니다.

진정한 소통은 '욕심이나 체면이 아닌, 오로지 상대방과의 관계에 대한 마음으로 공감하고 나누는 것! 그리고 노력'이라는 생각입니다. *

촌철살인

나이가 들면서 대화를 하다 보면 자신의 의도한 바와 다르게 말이 길어지기도 합니다. 하려고 했던 말만 딱 하고 쓸데없는 이야기는 자제해야 하는데 그게 쉽지 않습니다.

그래서 '나이가 들면 입을 닫고 지갑을 열어야 한다'는 이야기가 있는지도 모릅니다.

나이는 먹고 말이 많으면 젊은 친구들이 느끼기에는 인생의 대선배인 스승이 이야기하는 촌철살인 같은 이야기가 아닌, 듣기 거북하고 지루한 말로 들리기에 그래서 나온 말이 아닌가 싶습니다.

옛말에 '다언삭궁多言數窮'이라는 말이 있습니다. 노자(BC 6세기경 활동한 도가의 창시자)의 ≪도덕경≫에 나오는 말로, '말이 많으면 곤란한 일을 자주 당한다'는 의미입니다.

무릇 말이란, 많이 하면 할수록 실언이 나오기 마련입니다. 말을 가려서 하고 때에 따라서는 침묵하는 것이 최고의 절제일 것입니다.

말의 여백이 오히려 주저리주저리 하는 말보다 훨씬 잔잔하면서 강한 여운을 남기는 의사전달이 될 수 있습니다.
이것이 상대방에게 전달될 때 말을 다 하지 않았어도 청자聽者의 입장에서는 무슨 말을 하려는지 알 수 있게 만드는 것입니다. 이것이 의사전달을 잘하는 사람이고 기술자입니다.

K-pop 아이돌 그룹인 방탄소년단이 2018년 유엔본부가 초청한 미국 뉴욕 행사장 연설에서 'Speak Youself'를 외친 적이 있는데, "자신의 목소리를 내자!"라며 세상에 던진 메시지는 누군가가 만들어 놓은 틀에 박힌 연설문의 내용메시지이 아니고 전 세계인을 향한 당당한 자신의 목소리를 낸 것이었습니다.
진정성 있는 자신의 말이 결국 사람들에게 감동을 주고 희망을 주는 것입니다.

'아포리즘Aphorism'은 그리스어로 '정의'를 뜻하며, 훌륭한 속담이나 격언 등에서 많이 찾아볼 수 있습니다.
우리가 잘 알고 있는 히포크라테스BC 460년경 키오스에서 활동한 그리스의 기하학자의 "예술은 길고 인생은 짧다."라는 격언이 대표적이라고 할 수 있겠습니다.
이 역시 고대의 유명 철학자들이 '소피스트sophist'들을 상대로 절제된 말을 통하여 이야기한 것이 당대를 거쳐 현대에까지 전해지고 있는 것입니다. 말이라고 해서 같은 말이 아닌 거지요.

오래전 재미있게 보았던 영화 〈친구〉에서 주인공인 동수(장동건)가 빗속에서 칼부림을 당하면서도 "고마해라. 마이 묵었다 아이가."라며 죽음을 맞이하는 장면은 명장면으로 꼽힙니다.
또한, 사형선고를 받을 줄 알면서도 법정에서 준석유호성은 "살인을 했다고 시인했나?"라는 법관의 질문에 "쪽 팔려서 인정했다."라고 고백하는 장면 역시 영화의 압권입니다.
비록 영화이지만, 작품 속에서 주인공이 던지는 멋진 대사말가 있기에 영화의 흐름 속에서 명장면으로 거듭나는 것입니다.

결국 내가 행한 좋은 말들이 격언이 되고 명대사가 되며, 인생을 살아가면서 꼭 필요한 자양분이 되는 것입니다. *

결심

오랫동안 담배를 피웠던 분이 하루는 "담배를 끊은 지 3개월이 다 되어간다."라고 말하며, 쉽지 않은 금연을 하고 있음을 넌지시 자랑삼아 이야기한 적이 있습니다.
담배를 피워본 분들은 잘 아시겠지만, 금연한다는 게 얼마나 힘든 결심인지 경험해 보지 않은 사람은 아마 모르실 겁니다. 저는 담배를 피우지 않기 때문에 그 결심의 위력을 잘 알지 못합니다.
담배를 끊었던 분들이 다시 담배를 피우기 시작하는 이유도 바로 그것일 것입니다. 결심과 실천이 그만큼 어렵다는 이야기입니다.

담배는 술, 커피 등과 비슷하게 사회적 매개체 성격이 매우 강한 기호 식품입니다.
이는 우리나라만이 아니라 전 세계적인 현상으로, 손님을 맞이하거나 모임을 할 때 이런 기호품이 빠지는 나라가 오히려 드물 정도이고, 먼 곳의 여행 때나 여행에서 돌아올 때 선물로 많이 이용되고 있기도 합니다.
아이러니하게도 백해무익하다는 담배 수요 감소를 위해 정부에서 담뱃값 인상 등 강력한 흡연 억제책을 내놓고 있는데도, 여전히 상당수의 사람이 담배를 피우고 있는 것이 현실입니다.

≪파우스트≫의 저자이자 독일의 대문호인 괴테는 "신대륙에서 유럽으로 건너온 것 중에서 감자는 신의 선물이고, 담배는 악마의 저주다."라고 말한 바 있습니다.

매년 연초에 우리는 1년 동안 하고자 하는 원대한 계획을 세우고 실천하려고 노력합니다. 그러나 얼마 못 가서 작심삼일이 되고 맙니다. 대다수 사람이 지키지도 못할 결심을 하고는 며칠 만에 이를 포기한 뒤에 스스로 자책합니다.
결심의 목표치를 자신의 능력과 환경에 맞게 설정하기보다는 무조건 최대한 잡은 채 실천하려다 보니 이 같은 현상들이 발생하는 것입니다.
이런 사람들이 많다 보니 결심만 하고 이를 지키지 못하는 현상을 하나의 신드롬으로 해석하려는 학자들도 있습니다.

캐나다 토론토대학의 자넷 폴리비Janet Polivy 박사는 '실패를 거듭해도 계속해서 불가능한 목표를 추구하는 행위'에 대해 '헛된 희망 증후군false hope syndrome'이라고 명명하였습니다.

'대다수 사람은 시시해 보이는 목표보다 과시하기 좋은 목표를 세우는 것을 선호하는데, 감당하기 어려운 목표를 세운 뒤 이를 빠르게 성취하려고 무리하다가 결국에는 실패하는 것'이라고 지적한 것입니다.
자신과의 약속을 지키지 못한 실망감과 분기탱천한 의욕이 다시 발동하게 되면 또 다른 결심을 합니다.
소위, 자신이 하고자 하는 버킷리스트Bucket List를 만들어 하나둘 선을 그어 가면서 실천에 옮기려 합니다. 그러나 그마저도 쉽지 않습니다.

살다 보면 애초 마음먹었던 계획과 목표를 이루려는 결심이 뜻대로 잘 안되어 여러 가지 난관에 봉착할 때가 많습니다. 또, 하는 일이 쉽게 풀리지 않아 힘들 때가 많습니다.
그럴 때마다 '이루어내고 말겠다'는 결심과 실패를 두려워하지 않는 노력이 있다면, 반드시 얽히고설킨 모든 일이 고르디우스의 매듭을 푸는 것처럼 술술 풀릴 것입니다.

무리 중에서 처음 바다에 뛰어든 펭귄을 '퍼스트 펭귄'이라고 합니다.
남극 펭귄들이 먹이 사냥을 위해 바다로 뛰어드는 것을 두려워하지만 펭귄 한 마리가 먼저 용기를 내어 뛰어들면 나머지 펭귄들도 이를 따른다는 데에서 유래했습니다.

무엇을 하려고 머뭇거리다 실천에 옮기지 못하는 것보다 과감하게 행동으로 옮기는 실행으로 말미암아 나 자신은 물론 조직의 구성원들에게도 지대한 영향을 미칠 수 있습니다.

결심을 이루려면 우선 작은 목표를 성취했을 때 만족하는 법을 배워야 합니다. 목표 성취도 일종의 습관이라 할 수 있는 만큼, 결심한 사항들을 계속 이뤄나가다 보면 어느새 수많은 목표를 달성한 자신을 발견할 수 있을 것입니다.

'할 수 있다'가 아니고 '하면 되는 것'입니다. *

틀린 게 아니라 다름을 이해

누구나 겪을 수 있는 불편했던 기억들을 복기해 보겠습니다.

1. 회의시간에 주제를 놓고 토론을 하던 중, 후배 직원이 톤을 높이며 반대의견을 제시한 것에 언짢았던 기억
2. 친구와 저녁을 먹다가 사소한 이야기로 서로 자기주장을 이야기 하며, 말다툼했던 기억
3. 내가 입고 싶었던 옷을 하나 샀는데, 자녀가 마음에 안 든다고 하여 서운했던 기억

이 불편한 기억들에 대한 주관적이 아닌, 상대편의 입장에서 생각한 객관화한 입장입니다.

1. 후배 직원은 자연스럽게 자신의 의견을 개진했고, 다만 지역 사투리가 나와서 톤이 강하게 전달되었을 뿐 따지거나 대들려고 했

던 것은 아님.

2. 친구는 그냥 편하게 자기의 생각을 이야기한 것뿐이었는데, 그것을 너무 민감하게 받아들였던 것임.

3. 자녀들은 아빠가 사 온 옷이 나이 들어 보인다며, 색상이나 디자인을 좀 더 젊게 했으면 하는 바람으로 단순히 이야기했던 것임.

우리는 살아가면서 종종 별것도 아닌 것을 별것으로 생각해서 괜한 오해와 시비로 기분이 나빴던 일이 있을 것입니다. 그러나 조금만 냉철하게 생각해 보면 상대편이 틀린 게 아니라 다름을 이해하지 못한 것이었습니다.

다시 말해서, 상대편의 생각이 다른 것이지, 나와 상대편의 생각이 틀린 것이 아니라는 이야기입니다.

간간이 방송국의 시사프로그램에서 정치인들이 나와서 특정한 주제를 놓고 논쟁을 벌입니다.

여야與野의 당파적 입장이 있어 어쩔 수 없어 그렇다는 것을 충분히 이해는 합니다만, 사생결단식으로 자기의 주장은 옳고 상대편의 주장은 틀리다며 방송이 끝날 때까지 내내 혈투를 벌이다가 막을 내리는 광경을 보고 있노라면 안타깝다는 생각이 듭니다.

그들은 상대편의 생각은 무조건 틀리고 나의 생각은 무조건 맞는다는 확증 편향적으로 생각하고 있는 것이 문제인 것입니다. 상대편이 틀린 게 아니라 다름을 이해하지 못한 것입니다.

'나는 옳고, 너는 틀렸다'는 생각이 드는 이유는 나를 기준으로 삼기 때문입니다.
두 사람의 생각이 다르다는 것은 어쩔 수 없는 사실입니다.
둘이 서로 다른데 기준을 '나'로 주관화시키면, 나는 옳은 게 되는 것이고 상대편은 틀린 게 되는 것입니다.
상대와 나는 다름을 이해하고 인정하면 마음이 편해지고 갈등이 누그러듭니다. 나와 상대가 서로 다른 것을 인정하는 선결 조건은 존중입니다.
여기서 존중은 '상대를 치켜세운다.' '상대가 훌륭하다.'라는 뜻이 아니라 '나와 다름'을 있는 그대로 인정한다는 뜻입니다.

상대가 나와 다름을 이해하면 내 마음이 편해질 것입니다. 더 나아가서 자신을 내려놓고 자기를 버릴 수 있는 사람은 인생을 살면서 지고도 이기는 게임의 승자가 될 수 있습니다.

'사이'란 품을 수 있다는 의미입니다.
털실과 털실 사이의 공간이 따뜻함을 품는 것처럼 '인간人間'이라는 한자를 생각해 봅니다.
사람이라는 글자로 충분할 터인데 '사이'라는 뜻을 가진 '간間'자는 왜 붙였을까요?
어쩌면 사이라는 말이 삶의 비밀을 품고 있을지도 모릅니다.

겨울 스웨터를 꺼내 봅니다.
굵은 털실 사이로 바람이 숭숭 새어들 것 같은데, 스웨터를 입으면 왜 따뜻할까요?
스웨터가 따뜻한 이유는 털실과 털실 사이에 있는 공기가 온기를 품고 있기 때문입니다. 털실과 털실 사이 공간이 따뜻함을 품는 것처럼 사람과 사람 사이도 따뜻함을 가만히 품고 있으면 됩니다.
우리 모두도 서로에게 그러한 사람이 되길 소망해 봅니다. *

아무도 가보지 않은 길

2020년도는 그 아무도 예상치 못했던 바이러스 '코로나19'의 창궐로 우리의 삶에 많은 변화가 생겼습니다.
경제는 '블랙스완시사 경제용어로 일어날 것 같지 않은 일이 일어나는 현상'처럼 많은 회사가 도산하고 일자리를 빼앗긴 사람들이 실직자로 전락하는가 하면, 학교에서는 집체 교육을 할 수 없는 지경에 이르자 온라인 수업으로 대체되는 상황에 이르렀습니다.
영화관을 비롯하여 문화예술 스포츠 분야에서도 많은 관람객이 예전처럼 문화생활을 영위할 수 없는 환경에 직면하여 그야말로 아무도 가보지 않은 길을 우리는 가고 있습니다.

코로나19로 인한 비대면Untact 삶의 추구로 인간관계도 급속도로 변화하고 있습니다. 식사 자리도 되도록 피하려 하고, 다수가 모이는 자리는 회피하게 됨으로써 개인주의 문화가 더 활성화되어 가고 있습니다.

친하게 지낸 사람들과 만남도 점점 횟수가 줄어들면서 마치 고립무원 상태가 돼가고 있는 듯합니다.
매일 방송에서 보게 되는 코로나19 확진자 현황 및 주의를 당부하는 브리핑은 이제 너무도 평범한 일상이 되었습니다.

일부 호사가들이 퍼 나르는 '인포데믹infodemic'이 심각한 수준에 도달하여 정부에서 확인되지 않은 인포데믹에 주의 경고를 보내고 있기도 합니다.
인포데믹은 '인포메이션infomation'과 '에피데믹Epidemic'을 합성한 것으로, 잘못된 정보가 미디어나 인터넷 등으로 전염병처럼 확산해 사회문제를 일으키는 것을 말합니다.
방역 당국에서는 신종 코로나 바이러스가 세계로 확산하면서 잘못된 정보 또한 급속도로 퍼져 전염병 퇴치를 어렵게 할 뿐 아니라, 필요 이상의 불안감을 조성해 국제 경제 질서 등을 해칠 수 있다는 점을 지적하고 있습니다.

코로나19가 가져온 급속도의 변화에 우리는 어떻게 해야 합니까?
그냥 멍하니 넋을 놓고 있을 수만은 없습니다. 새로운 변화의 삶에 어떻게든 빨리 적응하고 미래를 향한 걸음을 내딛어나가야 합니다.
우리에게 전쟁 못지않게 두려운 것이 경제 위기와 자연재해였습니다. 그런데 이번 코로나19의 확산과 감염피해를 보면서 전염병이 더 두려운 대상이 되었습니다.

대다수가 살면서 코로나19처럼 광범위하고 긴 '팬데믹Pandemic'은 처음 겪었을 겁니다. 강력한 전염성 때문에 사람들은 더 두렵고 혼란스럽습니다.

일상의 당연한 것들이 당연하지 않게 된 지 한 달, 또 한 달이 늘더니 반년이 되고 그 이상으로 이어지는 상황을 겪고 있습니다.

그러면서 '프레퍼Prepper'가 다시 주목받기 시작했습니다.

프레퍼' 란 재난과 사고가 닥칠 것을 우려해 일상생활 중에도 생존을 위해 스스로 대비하는 사람들을 일컫는 말입니다.

일부 나라에서 코로나19로 인하여 마트에서 식료품·마스크 등 생필품을 사재기하는 사람들이 많다는 이야기를 언론을 통해서 들었습니다.

다행히도 우리나라는 그런 과잉현상은 보이지 않아 다행입니다.

친한 선배가 어느 모임에서 코로나19 확진자와 같이 있었다는 이유로 보건당국으로부터 자가격리 2주가 필요하다는 통보를 받고 자가 격리당하였다 했습니다.

그 선배는 처음 며칠은 힘들었지만, 정부 방침의 방역수칙에 당연히 따라야 할 의무가 있으니, 자가격리 동안 수양한다는 마음으로 하루하루를 잘 견뎌내었다 했습니다.

그리고 자가격리를 하는 2주일 동안 많은 것을 깨달았다고 했습니다.

평소 사회생활을 하면서 먹고 싶은 음식이 있을 때 먹을까 말까 고민한 적이 있었는데, 자가격리 동안에는 무엇을 먹고 싶어도 집에서 부인이 해주는 밥 말고는 먹을 수 없었고, 지인한테 연락이 와서 만나고 싶어도 격리 중이라 만날 수 없었다 하였습니다. 그야말로 모든 것이 한순간 멈춰진 삶이 된 것 같았다 했습니다.
결국, 자유로움이 얼마나 소중한 것인지, 건강한 것이 얼마나 중요한지를 깨닫게 되는 소중한 시간이었다고 했습니다.

비단잉어인 고이Koi는 마법 같은 물고기입니다.
어항에 넣어두면 엄지손가락 정도 자라고 연못이나 수족관에 넣으면 20cm 정도 자라고, 강에 방류하면 1m가 넘는 대형 어류가 됩니다. 적자생존의 환경에서 살아남으려는 고이만의 비법인 것입니다.

'4차 혁명 시대' 창의력 인간형을 뜻하는 '호모 크리에이티브homo creative'가 새로운 주역으로 떠오르고 있습니다. 산업화 시대 아웃소싱이나 자동화로 대체하지 못하는 창의력이 국가 경쟁력으로 직결되는 시대가 된 것입니다.
산업화 시대에는 머리 좋고 순종적인 인재가 필요했지만, 4차 혁명 시대에는 톡톡 튀는 개성과 아이디어를 갖춘 인재가 절대적으로 요구되는 시대입니다.
정보통신기술IC의 급속한 발전은 시공간의 제약을 넘어 사람과 사물, 공간 등 모든 것을 네트워크로 연결하는 초연결 사회로 진입하게 해주었습니다.
네트워크는 '사물인터넷IOT', '인공지능AI'과 같은 혁신기술에 힘입어 더욱 고도화하면서 우리 삶의 변화를 가속화하고 있습니다.
가정에서는 스마트폰이나 음성을 통해 네트워크에 연결된 가전제품을 제어할 수 있고, 산업현장에서는 기업 안팎의 네트워크를 통하여 실시간으로 정보를 주고받으며 생산성과 효율성을 극대화하고 있습니다.
개개인의 학습능력에 최적화된 맞춤형 콘텐츠로 공부하고 병원에서는 원격 의료서비스를 AI를 통해 차별화된 치료를 제공하기도 합니다.

이처럼 초연결 네트워크는 시공간 압축을 통해 지능과 정보에 기반을 둔 4차 산업혁명을 이끌며 새로운 기회와 가치를 창출하고 있습니다. 하지만 그에 따른 위험도 커지고 있습니다.
모든 것이 기계화되고 획일화되다 보니, 우리 삶의 인간미가 없어지고 점점 더 정서가 메말라질 것입니다. 그로 인한 부작용도 만만치 않을 것입니다.
코로나19 이후 비대면 서비스가 확대되면서 인공지능이 사람을 대체하는 속도가 훨씬 빨라질 것입니다.
인간이 인공지능에게 일자리를 빼앗기는 상황이 아직 먼 미래, 먼 나라 이야기라고 생각하는 사람들이 많지만, 이미 눈앞에 다가온 현실입니다.
세계적인 미래학자들은 2030년까지 현존하는 일자리의 50%가 사라지게 될 것이라고 경고하고 있습니다.
이런 급격한 시대적 흐름을 우리는 잘 알고 선제적 대처가 중요할 것입니다.

세계적인 성공학 연구자인 나폴레온 힐Napoleon Hill, 1883~1970은 "기회는 포착할 준비가 된 사람들만 따라다닌다. 어떤 사람들의 눈에는 기회만 보이고, 어떤 사람들의 눈에는 문제만 보인다."라고 주장하였습니다.

서퍼Surfer들이 파도를 잘 타는 방법이 2가지 있다 합니다.
첫째, 파도를 잘 본다. 둘째, 좋은 파도에 올라탄다.
한 번에 부서지는 단일파도보다 여러 개가 함께 연달아 오는 세트파도가 더 먼 곳으로 데려다주는 것처럼, 기회의 파도를 알아보고 대처하는 안목이 중요한 것입니다.
시대의 흐름 속에 삶의 패턴이 바뀌어 간다는 것은 우리가 안주했던 일상이 바뀐다는 것입니다.
일과 삶에 대한 고정관념과 일상의 편안함을 과감히 내던지고, 모든 것을 리셋reset해야 합니다.

코로나19로 사람들의 의식과 생활문화에 많은 변화가 일어나고 있습니다.
기피했던 마스크가 자연스러운 피부처럼 느껴지고 비대면 분위기로 만남·모임의 횟수도 많이 줄어들었습니다.
굳이 마주하지 않더라도 마음은 더 가까이할 수 있습니다. 상대방에 대한 이해와 경청의 마음으로 한발 더 나아갈 수 있다면 소통은 지혜롭게 이어질 수 있을 것입니다.
아무리 악조건이라도 우리는 이겨내야 합니다. 아니, 이겨낼 수 있습니다. 할 수 있습니다!

어둠 속에서도 기차는 달려야 합니다. 달리다 보면 환한 빛이 보일 것이고, 결국에는 목적지에 도달하게 될 것입니다. *

먹감나무

어느 단체 이사장으로 계시는 분의 외동딸에 대한 아픈 가정사를 듣게 되었습니다. 그분은 저에게 그간 누구에게도 하지 않았던 이야기를 어렵게 말씀하신 것이었습니다.

이야기는 이렇습니다. 그 딸의 아버지는 자신이 어릴 적 불의의 사고로 일찍 돌아가셨고, 홀어머니와 같이 살던 딸은 누구보다도 어머니에게 효심이 지극했고, 어머니를 위해서는 무슨 일이든 다 하는 착한 자식이었습니다.

어머니도 남편과 사별한 후 딸에게 모든 것을 의지하고 있었고, 모녀지간에 하루도 떨어져 살 수 없을 정도로 다정다감하게 하루하루를 살았다 합니다.

딸은 어머니를 위해서 열심히 공부했고 자신이 성공하는 것만이 어머니를 기쁘게 해주는 길이라 믿고 있었다 합니다.

딸은 그토록 바라던 명문대학교에 당당히 합격했고 자신이 희망하는 학과에서 모범생으로 대학 생활을 마치고 많은 사람의 선망의 대상인 대기업에 취직까지 하였다 합니다.

어머니는 한 집안의 가장이었던 남편을 일찍 여의고 혈혈단신으로 집안의 가장 역할과 한 딸의 강인한 어머니로 살아간다는 게 쉽지 않았지만, 딸이 반듯하게 커 주었고 명문대학에, 대기업에 취직까지 하여 더 이상 남부러울 게 없었다. 합니다.

성인이 된 딸이 번듯한 직장까지 구하여 잘 지내고 있었고, 나중에 좋은 남자를 만나서 결혼만 하면 좋겠다는 생각을 가지고 딸의 입신양명을 편안한 마음으로 바라보고 있었다 합니다.

그러던 중, 하루하루 딸이 야위어 가고 집에서도 말이 없는 등 예전과 다르게 딸의 행동이 이상하게 느껴졌으나, '별일 없겠지' 생각하고 일부러 모른 척했다 합니다.

그런데 어머니는 그런 이상한 징후가 감지된 후 며칠 안 되어 회사의 임원으로부터 청천벽력 같은 전화를 받았습니다.

딸이 사내社內에서 죽었다는 것자살이었습니다. 어머니는 온몸이 마비가 올 정도로 믿기지 않는 상황에서 정신을 차리고 회사로 급히 달려갔다 합니다.

딸은 병원으로 옮겨져 있었고 내용을 확인해보니, 딸이 회사 화장실에서 자살했고, 청소하는 아주머니가 발견하고 경찰에 신고하여 딸의 시신을 확인했다는 것이었습니다.

어머니는 그렇게 착하고 성실했던 딸의 죽음이 믿기지 않았습니다.

딸을 그렇게 보내고 어렵게 지인들을 통해 딸이 자살한 이유를 알게 되었다 합니다.

딸은 대기업에 입사하여 열심히 일했고 회사에서도 상사들이 딸의 능력을 인정해주어 많은 프로젝트에 참여시켰고, 그 부담감에 늦게까지 일하는 날이 많았다 합니다.
자신을 인정해주는 회사의 과도한 관심, 무엇인가를 끝까지 해야 하는 성격, 더욱이 대기업에 취업하여 승승장구하기를 바라고 있는 어머니에 대한 기대감 등이 복합적으로 작용하여 심신의 피로가 누적되고 있음에도 제대로 쉬지도 못하고 혼자서 힘든 하루하루를 보내고 있었는데, 그런 상황을 혼자서 감내하며 걱정할까 봐 어머니에게도 말하지 못하는 일련의 과정이 딸에게는 역부족이었고, 급기야 직속 상사의 지속적인 갑질에 시달리다 끝내 자살을 하게 되었다는 것을 알게 되었다 합니다.

금쪽같이 애지중지 키웠던 딸을 잃어버린 어머니는 하늘이 무너져 내리는 마음으로 삶의 희망을 잃어버리고 하루하루 술로 힘든 나날을 보냈다 합니다.
혼자 집에 있으면서 모든 사람과 단절을 하고 식음을 전폐한 날들이 지속되면서 자신도 먼저 간 남편과 딸을 따라 생을 마감하려고까지 했다 합니다. 그러나 다니던 교회 및 주변 지인들의 지속적인 관심과 위로로 극단적인 생각을 접고 자신의 운명을 받아들였다 합니다.

심신을 추스르고 난 뒤로 자신의 일생을 봉사와 기부하는 단체에 헌신하기로 마음먹고 열심히 활동하고 있습니다.

'먹감나무' 라는 것이 있습니다. 감을 딸 때 갈라진 틈새로 스며든 빗물로 부분적으로 검게 된 오래된 감나무를 일컫는데, 온갖 풍파에 시달리고 썩을 대로 썩어 먹물이 든 것처럼 검게 되었고, 아무 보잘것없는 나무로 보이지만 가구로 만드는 데 있어 가장 귀한 재목으로 인정받으면서 값비싼 나무로 거듭나는 고귀한 감나무입니다.

소나무 씨앗 두 개가 있었습니다. 하나는 바위틈에 떨어지고 다른 하나는 흙 속에 묻혔습니다. 흙 속에 떨어진 소나무 씨앗은 곧장 싹을 내고 쑥쑥 자랐습니다.
그러나 바위틈에 떨어진 씨는 조금씩밖에 자라나지 못했습니다.
흙 속에서 자라나는 소나무가 말했습니다.
"나를 보아라. 나는 이렇게 크게 자라는데 너는 왜 그렇게 조금밖에 못 자라느냐?"
바위틈의 소나무는 아무 말도 하지 않고 깊이깊이 뿌리만 내리고 있었습니다.
그러던 어느 날 비바람이 몰아쳤습니다. 바로 태풍이었습니다.
산 위에 서 있는 나무들 대부분이 꺾이고 뽑히고 있었습니다. 그리고 그 뽑힌 나무들 속에는 흙 속에 있는 소나무도 있었습니다.
하지만 태풍 속에서도 바위틈의 소나무는 쓰러지지 않고 꿋꿋이

서 있었습니다.
바위틈에 서 있던 소나무가 말했습니다.
"내가 왜 그토록 모질고 아프게 살았는지 이제 알겠지? 뿌리가 튼실하려면 아픔과 시련을 이겨내야 하는 거란다."

살아가면서 크든 작든 인생의 풍파를 겪게 됩니다. 누구에게나 굴곡 없는 인생은 없습니다. 자신의 마음속에 꼭꼭 숨겨두었던 이야기 못할 견디기 어려울 정도의 힘든 고뇌의 시간도 있었을 것입니다.
그런 아픔의 상흔이 인생을 더 성숙하게 하고 자신을 더 단단하게 만듭니다.

아픈 삶의 상처가 아픔이고 부끄럽다 하지 마세요! 그 아픈 삶의 상처도 언젠가는 곪고 곪아서 결국 새살이 돋게 됩니다. 그때 언제 그랬냐는 듯이 내 삶의 훈장으로 당당히 여기시길 바랍니다.

어떠한 아픔과 시련이 찾아와도 잘 참고 견뎌내셔서, 그 어떤 혹독한 비바람과 태풍에도 꿋꿋이 서 있을 수 있는 뿌리 깊은 나무가 되시길 바랍니다. *

성공을 부르는 전략

선거철이 되면 각 당의 후보자들이 자신을 알리기 위한 차별화된 선거공약 및 이미지 관리, 홍보전으로 유권자들의 표심을 얻으려고 노력합니다.
자신이 지지하는 후보자의 일거수일투족을 관찰하고 후보자가 연설하는 멘트 하나하나에 환호하며 박수 세례를 보냅니다.
그리고 그 후보자의 의미 있는 멘트는 두고두고 사람들의 입방아에 오르내리며 명연설로 기억되기도 합니다.
대표적으로, 우리가 잘 아는 미국의 제16대 대통령인 링컨의 "국민의 국민을 위한 국민에 의한government of the people, by the people, for the people"이나, 마틴 루터 킹 목사의 "나에게는 꿈이 있습니다." 그리고 버락 오마바 전 미국 대통령의 "우리는 할 수 있다.yes we can" 같은 핵심적 메시지가 있었던 연설을 들 수 있겠습니다.

정치인들뿐만 아니라 많은 오피니언 리더들의 메시지에는 차별화된 선명성이 있습니다.

이는 상업적인 부분에서도 마찬가지입니다.

패션 브랜드인 루비이통은 자사를 홍보하는 데 있어 우선으로 다음의 세 가지를 강조하며 명품 브랜드로 전 세계인들에게 인기를 얻고 있습니다.

1. 세일이 없습니다 ; 세일이 없어도 잘 팔린다는 것을 강조.

2. 아웃소싱이 없습니다 ; 대량 생산이 아니라 이태리의 장인이 한 땀 한 땀 정성스레 제품을 직접 만든다는 것을 강조.

3. 짝퉁에 대한 관용이 없습니다 ; 가짜 제품이 유통되지 못하게 철저하게 관리한다는 의미.

여기에 구체적이고 생생한 스토리는 더더욱 사람들에게 신뢰감을 주고 마음을 사로잡습니다.

일본 아이모리현에 큰 태풍이 불었을 때의 일화입니다. 태풍 때문에 전체 사과의 2/3가 떨어져 버려 농부들은 망연자실했다 합니다. 그런데 태풍에도 떨어지지 않은 1/3가량의 사과에 '합격사과'라는 이름을 붙이자 다른 사과보다 10배가 높은 가격임에도 불티나게 팔려나갔다 합니다.

그 사과에 부여된 실감 나는 스토리가 스마트 컨슈머smart consumer들의 마음을 움직인 것입니다.

이렇듯 차별화된 선명성은 미상불 성공을 부르는 주요한 요인이라 할 수 있겠습니다.

EBS에서 호기롭게 나타난 캐릭터 '펭수'가 인기 가도를 달리고 있는 이유도 역시 그런 이유일 것입니다. EBS에서 생활하며 "방탄소년단 같은 대스타가 되고 싶다."라고 말하는 그는 사내 선배들 앞에서도 당당합니다.

1984년 데뷔한 대선배 캐릭터 '뚝딱이'의 잔소리는 단번에 거절하고, EBS 김명중 사장의 이름도 시원하게 부릅니다. 그 직설적인 언행에 통쾌함을 느껴서일까요? 펭수는 초통령을 넘어 어른들의 '뽀로로'라는 별칭까지 얻었습니다.

이 정도 인기라면 연습생 신분이지만, 프로 방송인답습니다. 펭수는 길지 않은 시간에 유튜브 등 온라인·오프라인에서 한순간에 대스타가 되어 버렸습니다.

기업이든, 개인이든 차별화된 전략은 성공을 부를 수밖에 없는 것이며, 결국 '남과 같이 해서는 남 이상 될 수 없다'는 평범한 진리가 인생을 변모시키게 되는 것입니다. *

인생

한때 인기 가도를 달리던 유명 가수가 돌연 가수의 길을 접고 목회자로서의 길을 걷게 된 과정을 방송을 통해 듣게 되었습니다.
많은 히트곡을 냈던 가수이고 다양한 계층을 망라한, 한때 최고의 인기가수였던 그가 무슨 이유로 신앙생활을 접하게 되었고, 화려했던 연예계 생활을 마감하고 목사로 거듭나기까지의 사연을 진솔하게 이야기하는 것을 보면서 그에게 그간 많은 우여곡절이 있었다는 것을 알게 되었습니다.

잘나가던 20~30대 때 수많은 히트곡을 내었고 인기가 절정에 달해있을 때 남부러울 것 없는 부와 인기를 한꺼번에 거머쥐었고, 미모의 여배우와 교제를 통하여 결혼까지 하게 된 그였지만, 실상은 하루하루 매우 불안정한 생활의 연속이었다 했습니다.
결혼한 배우자는 믿음이 있는 사람이었지만 정작 자신은 교회를 나가기는 했지만, 하나님을 부정하며 계속 방탕한 생활과 사회 속의 재미에 매몰되어 하루하루를 살아갔다 합니다.
신실한 믿음이 있는 부인의 전도와 지속적인 회개에도 생활의 변화가 없었고 오히려 공황장애와 심한 우울증이 오면서 사람들이 바라보는 인기가수로서의 화려함은 뒤로 한 채 하루하루를 힘겹게 살았다 합니다.

가수인 자신이 대중 앞에서 많은 노래를 불러야 했지만, 어느 순간 자신의 소리가 나오지 않았다 합니다.
급기야 어느 공연장에서 노래를 부르다 목소리가 나오지 않아 끝까지 노래를 부르지 못하고 돌연 집으로 돌아와서 미친 듯이 하늘을 향해 소리쳤다 했습니다.
그러던 자신이 갑자기 무릎을 꿇고 기도를 하며 울부짖고 있었고 부인의 손을 잡고 교회로 달려갔다 합니다.
이후 가수로서의 생활을 마감하고 어떤 선교단체의 주선으로 외국으로 가게 되었고, 현지에서 장애우들을 위한 봉사활동을 10년간 하다가 귀국했고 신학교를 다니다 목사가 되었다는 이야기였습니다.

가수로서의 화려했던 삶보다 목사가 된 이후 지금 자신이 하고 있는 설교와 목회 활동이 한없이 더 소중하고 귀한 시간이라고 하였습니다. 자신이 누렸던 세상 속의 인기는 일장춘몽이었다 했습니다.
그러면서 자신이 가수로서 목사로 거듭나기까지 겪었던 고충과 애로사항을 다 아는 사람이 그리 많지 않다고 하면서 사람의 인생은 겉으로 보이는 게 다가 아니라고 강조했습니다.

제 친구의 이야기입니다. 이 친구는 저하고 고등학교 단짝이기도 했지만, 지금까지도 자주 만나는 아주 오래된 사이입니다.
이 친구를 비롯하여 친하게 지내는 친구들이 몇 명 있습니다. 친구라는 게 만나면 서로의 지위 고하를 막론하고 편하게 만나고 이야기할 수 있는 그런 사이가 진정한 친구라고 생각하는데, 바로 이 친구가 그런 친구 중의 한 사람입니다.
서로에 대해 너무 잘 알고 있고 각 집안 사정과 애로사항 등을 서로 오픈하고 서로 힘이 되려고 많은 이야기를 나눌 정도로 막역한 사이입니다.
심지어 아무리 바쁘더라도 하루에 꼭 전화 한 통화를 해야 할 정도로 항상 마음속에 믿음이 있는 친구입니다.

어느 날 그 친구와 점심을 하고 헤어진 후 집에 와서 집사람과 저녁을 먹다가 그 친구의 이야기를 하게 되었습니다. 집사람은 평소 그 친구에 대해 객관적으로 바라보았던 생각을 저에게 들려주었습니다.
동기들에 비해 승진이 빨라 공기업의 고위직으로 근무 중이고, 자기관리에 철저한 것 같고, 공과 사를 엄격히 구별하는 어느 하나 흠잡을 데 없는 훌륭한 친구인 것 같다고 했습니다.

더 나아가서 아무리 친구이지만 본받을 건 본받고 친구의 호의에는 충분히 감사한 표현을 하는 게 맞고, 친구라고 너무 편하게 대하기보다는 적절한 예의와 형식을 갖추는 게 좋겠다는 지적이었습니다.
가만히 집사람의 이야기를 듣고 보니 정말로 제가 사회적으로 성공한 훌륭한 친구에게 너무 격식 없이 언행을 하고 있었던 게 아닌가 하는 생각이 들었습니다.
그리고 친구의 장단점을 제가 많이 알고 있다고 생각했지만, 저는 오히려 친구에 대해 너무 모르는 게 많았습니다.
익숙함에 속아 소중한 존재를 잃지 말아야 하는데, 저는 친구라는 존재에 대해 너무 편안함에 젖어 소중한 존재를 망각하고 있었던 것입니다.

좋은 친구 한 사람 만나는 것은 일생에 다시없는 행운이며 축복입니다.
좋은 친구는 서로 떨어져 있어도 마음이 통하고 함께 있으면 더욱 빛이 나고 서로에게 행복을 만들어 줍니다.
오랜 친구가 좋은 이유 중 하나는 그대 앞에서는 바보가 되어도 흉이 되지 않고 다소 부족하고 미천해도 모두 덮어주는 사람이기 때문입니다. 이것이 '심여수心如水'입니다.

누구에게나 평탄한 삶은 없습니다. 남이 보기에는 안정된 삶, 성공한 삶으로 보일 수 있지만, 그 사람의 속내를 들여다보면 굴절 없는 삶이 왜 없겠습니까?
사회생활을 하다 보면 사람에게서 가장 큰 상처를 받기도 하지만, 나 자신을 일으켜 세우고 발전시켜주는 존재 역시도 사람일 것입니다.
그래서 인연을 소중히 여기고 좋은 인간관계를 유지하는 것이 무엇보다도 필요한 이유입니다.
인간의 삶 속에서 진정 중요한 것은 권력도 재산도 명예도 아닙니다. 오로지 인생을 성공으로 이끄는 밑천은 사람입니다.

"만남에 대한 책임은 하늘에 있고 관계에 대한 책임은 사람에게 있다."

좋은 인간관계는 저절로 만들어지지 않습니다. 좋은 관계를 유지하려는 노력과 진실한 마음이야말로 좋은 인간관계를 위한 필수 요소일 것입니다. *

현명한 삶

어느 강연회에서 명사 초청 특강을 들은 적이 있습니다. 그날의 초청 강사는 명의名醫로 명성이 높은 권위 있는 의사였습니다. 건강에 관한 강연을 하면서 그는 청중들에게 질문하였습니다.

"이거 먹으면 오래 삽니다. 이것은 무엇일까요?"

청중들은 잠시 생각하며 웅성거리기 시작했습니다.

그때 내 뒷자리에 앉아 있던 분이 손을 번쩍 들고 말했습니다.

"밥입니다. 밥 많이 먹으면 오래 살죠. 밥이 최고입니다."

사람들은 모두 유쾌하게 웃었지만, 강사가 원하는 답은 아닌 것 같았습니다.

어떤 사람은 확신에 찬 목소리로 말했습니다.

"욕입니다. 욕먹으면 오래 살죠?"

또 한 번 폭소를 자아냈습니다. 사람들이 다양한 답을 쏟아낼 때 강사는 이렇게 말했습니다.

"정답은 나이입니다. 나이 많이 먹으면 오래 사는 거잖아요."

사람들의 허를 찌르는 재미있는 질문과 답이었습니다.
모두가 한바탕 즐겁게 웃음을 터뜨렸고, 건강에 대한 강의는 계속 되었습니다.
저는 그 질문이 재미있으면서도 매우 인상적인 면이 있다는 걸 알았습니다. 왜냐하면, 스스로에게 이렇게 질문해봤기 때문입니다.
"이거 먹으면 죽습니다. 이것은 무엇일까요?"
이 질문의 대답도 나이입니다. '나이 먹으면 오래 살고, 또 아니 먹으면 죽는 거다.' 먹으면 오래 사는 것과 먹으면 죽는 것에 대한 공통된 대답이 나이라고 생각하니 재미있으면서도 무엇인가 머릿속을 두들기는 기분이 들었습니다.
이 두 가지 질문은, 어떤 사람은 나이 먹으면 죽어가는 사람이 있고, 어떤 사람은 나이 먹으며 살아가는 사람이 있다는 사실을 나에게 말하는 것 같았습니다.

우리는 같은 것을 보면서 다른 생각을 합니다. 사람들이 다른 생각을 하는 이유는 다른 정보를 접하고 다른 경험을 하기 때문이 아닙니다.
같은 경험을 하고, 같은 것을 보고 들어도 그것을 어떻게 해석하고 받아들이느냐에 따라서 사람들은 다른 생각을 하는 겁니다.

두 명의 영업 사원이 아프리카에 갔습니다. 신발회사 직원이었던 그들은 아프리카 사람들을 대상으로 신발을 팔기 위해 시장조사를 나갔던 사람들이었습니다.
그들은 아프리카 사람들이 모두 맨발로 다니는 것을 보게 되었습니다.
한 사람은 회사에 제출할 보고서를 이렇게 작성했습니다.
[아프리카 사람들 중에는 신발을 신고 있는 사람이 없음. 때문에 여기에서는 신발을 팔 수가 없음.]
그러나 다른 한 사람은 이렇게 보고서를 작성했습니다.
[아프리카 사람들 중에는 신발을 신고 있는 사람이 없음. 그래서 신발의 필요성을 조금만 일깨워주면 무궁무진한 시장이 개척될 것임.]

우리는 항상 같은 것을 보면서도 서로 다른 생각을 합니다. 그렇게 생각해 보면 무엇을 보느냐가 중요한 것이 아니라, 자신이 본 것을 어떻게 받아들이느냐가 더 중요한 것입니다.
난관에 봉착하면 좌절하면서 한탄하는 사람이 있습니다. "이것 때문에 안 되는구나." "나는 왜 이렇게 운이 없을까?" "정말 안 되는 놈은 뒤로 넘어져도 코가 깨지는구나."
하지만 똑같은 상황을 기회로 생각하는 사람도 있습니다.
"이것 때문에 나에게까지 기회가 온 거구나." "이것만 해결하면 큰 행운인데." "다른 사람들은 대부분 여기서 힘들어하겠군. 그게 나에겐 기회야."
같은 것을 보면서 다른 생각을 하는 사람들을 보면 '세상은 내 마음먹기에 달렸다'는 말이 떠오르게 됩니다.

오늘 내가 어떤 마음을 먹고 사느냐에 따라 내 인생은 결정될 것입니다.

오늘 자신의 모습에 만족하며 오늘을 즐기십시오. 오늘은 내 인생의 가장 멋진 날이다! 하루하루 멋진 삶을 즐기며 의미 있고 행복하게 사십시오.
모두에게 똑같은 하루가 주어집니다. 오늘 어떤 선택을 하느냐가 바로 우리의 인생에 희비가 갈릴 것입니다.
오늘이 마지막인 것처럼 즐겁고 행복하게 하루를 보내시길 바랍니다. *

사람은 누구나 좋은 동반자를 원합니다. 인생길에서 그런 사람을 만나기란 말처럼 쉽지 않습니다. 그러나 방법이 있습니다. 바로 나 스스로 먼저 좋은 동반자가 되어 주는 것입니다.

Lesson 4

락 樂

일체유심조
一切唯心造

우리가 잘 아는 원효대사의 이야기입니다.
원효대사가 당나라로 유학을 가던 도중에 토굴에서 하룻밤을 지내게 되었습니다. 새벽에 목이 말라 물을 찾던 중, 바가지에 담긴 물이 있어 마셨습니다. 그 물맛은 갈증을 해소하는 꿀맛이었습니다.
아침에 일어나 확인해보니, 그가 마셨던 물은 해골바가지에 담긴 물이었습니다. 원효대사는 거기서 '모든 것은 마음먹기에 달렸다'는 깨달음을 갖고, 유학길에서 다시 되돌아오게 됩니다.

원효는 한국 불교에서 가장 위대한 인물로 숭앙받습니다. 원효는 불교계에 큰 영향을 끼친 대학자입니다. 한국 사상계의 자랑이자, 자부심이기도 합니다.
당나라 유학을 포기하고 깨달음의 길에서 부른 '오도송' 에서 우리의 삶에 대한 많은 성찰과 깨우침을 주고 있습니다.

心生則種種法生
마음이 일어나니 온갖 법이 일어나고
心滅則龕墳不二
마음이 멸하니 감실과 무덤이 다르지 않네
三界唯心萬法唯識
삼계가 마음일 뿐, 만 가지 현상이 오로지 식일 뿐이네
心外無法胡用別求
마음밖에 아무것도 없는데 어찌 따로 구하겠는가

불교의 최고 화두는 괴로움이라고 하며, 우주의 모든 존재는 고통의 대상이라고 합니다. 석가모니가 체험한 괴로움, 고통의 세계는 생로병사라는 우주적 존재의 전체 과정이었습니다.
왜 인간은 고통스럽게 살아야 하는가? 벗어날 해탈의 길은 없는가? 해답은 의외로 간단했습니다. 삶에서 발생하는 집착에서 벗어나 해탈의 길을 여는 일! 석가모니가 평생을 수도한 과정은 해탈에서 열반을 향해가는 발걸음뿐이었을 겁니다.

살아가면서 크든 작든 후회를 하게 되는데, 후회는 '사후가정사고'에 수반되는 감정입니다.
사후가정사고는 '상향적 사후가정사고'와 '하향적 사후가정사고'로 나뉘는데, 상향적 사후가정사고는 실제 상황을 더 바람직한 상황과 비교하는 것입니다.

예를 들어 '내가 그때 주식을 팔았으면 더 높은 수익을 올렸을 텐데'라든지, 친구와 말다툼을 했을 때 '그때 그런 말을 하지 않았으면' 같은 생각이 상향적 사후가정사고에 속합니다.
반대로, 일어난 일이 더 나쁘게 되었을 수도 있었다고 가정하는 것을 하향적 사후가정사고라고 부릅니다. 정리하면, 상향적 사후가정사고는 비판적 사고에 가깝고, 하향적 사후가정사고는 낙관적 사고에 가깝다 할 수 있겠습니다.

동네 골목마다 로또를 파는 상점을 많이 있는 것을 볼 수 있습니다. 로또를 사는 사람들의 심리는 경제가 안 좋다 보니 일확천금을 노리고 로또를 사는가 하면, 어떤 사람은 그냥 재미 삼아 일주일에 한 번 로또를 사는 사람도 있을 것입니다.
그런데 재미있는 것은 2등에 당첨된 사람 중에는 당첨금을 받아 들고는 하늘이 도와주어 횡재했다고 하는 사람도 있는가 하면, 어떤 사람은 '숫자 하나면 더 맞히면 1등이 될 수 있었는데'라고 아쉬워하며 오히려 기뻐하지 않는 사람도 있다 합니다.
올림픽에서도 메달을 딴 선수 중에 동메달을 딴 선수가 은메달을 딴 선수보다 더 기뻐한다는 이야기가 있습니다. 은메달리스트는 금메달을 놓친 것을 아쉬워하지만, 동메달리스트는 메달 권에 든 것만으로도 만족해하기 때문이라 합니다.
사람의 욕심은 끝이 없지만, 그 욕심도 어떻게 생각하느냐에 따라 쓸데없는 욕심이 될 수 있고, 한편으로는 기쁨이 될 수도 있을 것입니다.

미국의 유명 신발 브랜드 팔레시Palessi에서 특가 이벤트를 하였습니다. 손님들이 매장에 진열된 많은 신발을 구매했습니다. 가격은 640달러에 팔렸습니다. 손님들은 명품 신발을 저렴한 가격에 샀다며 기뻐했습니다.
매장 안에 있는 신발이 다 팔리고 손님들이 매장을 빠져나가려는데 점장이 손님들을 막으면서 신발을 산 돈을 돌려주며 말했습니다.
"이 신발은 전부 가짜 신발입니다. 20달러 정도 하는 신발입니다. 여러분들이 이 신발을 명품이라 생각하면 명품이고 싸구려 신발이라고 하면 싸구려 신발이 됩니다."
팔레시는 자사 브랜드를 소개하기 위한 마케팅이었지만, 참석한 사람들은 미국판 원효대사 해골 물로 불리는 사례라고 합니다.

산을 오르다가 등산로 계단을 청소하고 있는 노인을 만났습니다.
깡마른 노인은 이미 일흔 살이 넘었지만, 여전히 매일 등산로를 청소하고 있다고 했습니다.
저는 자신이 지금까지 올라온 계단과 산 정상으로 이어지는 계단을 번갈아 바라보았습니다.
위아래로 족히 1,500여 개가 넘는 계단이 죽 이어져 있었습니다.
워낙 가파르고 험해서 오르다가 중도에 포기하는 사람이 절반을 넘을 정도로 악명 높은 계단이었습니다.

저는 그 노인에게 물어보았습니다.
"이 계단을 매일 청소하신다고요? 굉장히 힘드실 텐데요."
하지만 노인은 별것 아니라는 듯 대답했습니다.
"그렇지 않습니다. 아침에 올라가면서 한 번, 저녁에 내려오면서 한 번 쓸면 그만인걸요. 계단을 쓸다가 피곤하면 잠시 쉬기도 하고, 그러면서 멋진 풍경도 구경합니다. 이렇게 쉬엄쉬엄 일하는데 힘들 게 뭐가 있겠습니까?"
저는 깜짝 놀란 표정을 짓자 노인은 미소를 지으며 말했습니다.
"사실, 나는 진즉 퇴직해서 고향으로 돌아갔어야 했습니다. 하지만 아직도 이곳에 남아 일하고 있지요. 아쉬운 점은 없답니다. 매일 맑은 계곡물을 마시고 직접 기른 채소를 먹으며 신선한 공기를 들이쉴 수 있으니까요. 게다가 꽃과 새가 친구가 되어주니 더더욱 아쉬울 것이 없지요."
계단을 청소하는 노인이 고된 일을 하면서도 늘 편안하고 쾌활할 수 있었던 이유는 자기의 일을 단조롭고 힘든 것으로 보지 않고 다른 사람은 가지지 못한, 자신에게만 주어진 특권으로 생각했기 때문입니다.

이처럼 자신에게 처한 상황을 어떻게 받아들이는가에 따라 결과는 크게 달라지는 것입니다. 모든 것은 마음먹기에 달렸다는 생각입니다. *

기다림의 미학

'온실에서 자란 화초는 작은 시련에도 쓰러진다'는 말이 있습니다.
미국 옐로우 스톤 국립공원에는 다음과 같은 팻말이 붙어 있습니다.
"Don't feed the Wild야생 동물에게 먹이를 주지 마십시오."
인간이 주는 먹이에 익숙해진 야생 동물은 혼자 힘으로 먹이를 구할 생각을 하지 않는다는 것을 강조하며, 야생 동물들이 겨울에 굶어 죽는 것을 우려해 공원 측이 써 붙인 것이라 합니다.
부모와 자식 간에도 마찬가지입니다. 지나친 보호는 자식을 망치는 지름길입니다.
프랑스의 철학자이자 교육학자인 루소는 이렇게 말했습니다.
"아이를 불행하게 만드는 가장 확실한 방법은 아이가 원하는 것을 언제든 들어주고, 무엇이든지 가질 수 있게 해주는 것이다."

프랑스에서는 아기가 태어나면 하루 4, 5회 정해진 시간에만 분유를 먹인다고 합니다. 이를 '라 포즈la pause'라 하는데, '잠깐 멈추기'

라는 뜻입니다.

프랑스 엄마들은 아기가 운다고 당장 달려가서 안아주지 않습니다. 몇 분간 관찰하면서 아이가 그냥 칭얼대는지, 정말로 배가 고픈지, 기저귀를 갈아줘야 하는지를 유심히 살핍니다.

신생아는 밤에 약 두 시간 정도 지속되는 수면 사이클 사이에 잠에서 깨어난다고 하는데, 이를 배고픔이나 스트레스의 신호로 해석해 부모가 곧바로 아이를 달래주거나 젖을 물리면 아이는 두 시간마다 부모가 달래줘야만 잠이 드는 습관을 들이게 됩니다.

이 때문에 프랑스의 부모들은 생후 4개월 내에 아이가 혼자 잠들 수 있도록 습관을 들인다고 합니다. 이를 프랑스 육아 전문가들은 '기다림의 미학'으로 설명합니다.

프랑스 엄마들은 통화할 때 옆에서 손을 붙잡고 끌거나 칭얼거리는 아이에겐 단호한 목소리로 "기다려!"라고 말합니다. 심지어 신생아들에게조차도 젖 먹는 시간을 정해놓고 기다림을 가르칩니다.

프랑스어로 '간식거리'를 뜻하는 '구테gouter'는 오후 4시 30분을 일컫는데, 프랑스 가정에서 어린이들의 간식은 이 시간에만 허용해 주는 경우입니다.

군것질을 참은 아이들은 식사 시간이 되면 어떠한 음식도 맛있게 먹는다고 합니다. 누군가가 선물로 준 사탕이나 초콜릿을 집으로 가져와도 구테 시간이 되어야만 먹게 합니다.

이처럼 사소한 것에도 엄격하게 훈육하는 모습에서 아이들을 절제심 있고 바르게 키우기 위한 프랑스인들의 교육방식을 읽을 수 있습니다.

이러한 프랑스의 육아를 '카드르cadre'라 하는데, 이는 '기본'이나 '틀'을 뜻하며, 단호한 명령과 엄격한 제한이 동반되는 육아법이라고 할 수 있겠습니다.
그렇다고 아무리 어린아이라 해서 그들의 취향과 소질을 무시하지 않는다고 합니다. 이 세상은 혼자 살아가는 곳이 아니며 더불어 살아간다는 걸 배워야 한다는 것이 프랑스식 교육철학이라고 할 수 있겠습니다.
상대방을 배려하고 규정을 준수하며, 공감과 협치를 한다는 정신은 우리 사회의 소중한 가치입니다.

"될성부른 나무는 떡잎부터 알아본다."

옛 성인들의 말이 하나도 틀린 것이 없습니다. 그래서 조기교육이 중요한 이유일 것입니다. *

삶을 태동시킨 인류의 이야기

성경에서 최초의 등장인물인 '아담'을 만들고 '하와'를 만듦으로써 미래에 펼쳐질 성서적 사건을 예비했습니다.
최초의 사건은 뱀의 유혹에 넘어간 아담과 하와가 선악과(善惡果)를 따먹고 에덴동산에서 추방당하는 사건, 두 번째는 아담과 하와의 자식인 카인의 동생 아벨을 돌로 쳐 죽임으로써 저질러지는 인류 최초의 살인사건 등 성경은 이야기의 원형을 간직한 인류 최대의 서사시이자, 현존하는 베스트셀러이기도 합니다.

세계적으로 시간과 공간을 초월하여 만들어지는 많은 영화나 소설은 모두 인간의 다양한 신화나 전설, 민담 등을 소재로 하고 있습니다.
이들 이야기 속의 주인공들은 오랜 세월을 거치는 동안 인간의 원형과 이미지가 어떻게 변화했는지를 다양한 스토리텔링의 스펙트럼으로 보여 줍니다.

신들의 왕이자 통치자인 제우스, 남편의 부정에 분노하는 헤라, 에로스의 화살에 맞아 사랑에 빠진 아폴론, 아폴론의 집요한 구애를 피해 월계수로 변한 다프네, 천하무적의 영웅이자 위대한 전사 헤라클레스, 신의 불을 훔친 프로메테우스, 페르세포네를 납치한 하데스, 추한 외모를 갖고 태어난 판, 모든 악덕을 세상에 퍼뜨린 판도라, 광기와 술에 사로잡힌 디오니소스, 상아조각과 사랑에 빠진 피그말리온, 마법사 테이레시아스에게 자신의 미래를 묻는 오디세우스 등등 전부 나열하기 어려울 만큼 신화에는 다양한 인간의 군상群像이 산재해 있습니다.
나열한 여러 신화의 주인공들은 많이들 들어 봤을 것이며, 현재에도 수많은 작품 속에서 변형되고 다양한 캐릭터로 변모 중입니다.

해외여행을 하다 보면 관광 가이드로부터 그 지역의 유명관광지에 대한 구전되어온 전설을 들을 수 있습니다.
우리가 알고 있는 세계의 3대 폭포는 북미의 '나이아가라', 아프리카의 '빅토리아', 남미의 '이구아수'입니다.
세 나라브라질, 아르헨티나, 파라과이 국경에 걸친 이 폭포는 272개 폭포로 이루어져 있는데, 너비 4.5km, 길이 2.7km로 1억 5천만 년 전에 생성되었다는 이구아수 폭포에도 전설이 있습니다.
이구아수강에 '보이'라는 괴물 뱀이 살았다 합니다. 원주민은 이 뱀의 저주가 두려워 1년에 한 번씩 어여쁜 처녀를 제물로 바쳤는데, 어느 해 '나이피'라는 처녀가 그 대상이 되었다 합니다.

그런데 전날 밤 그녀를 평소 흠모하던 '타로바'라는 젊은 부족장이 그녀와 함께 카누를 타고 이구아수강을 따라 달아났고, 그 사실을 목격하고 격노한 보이가 몸을 비틀며 포효하자 강이 갈라져 두 사람을 집어삼켰고, 그렇게 해서 생긴 게 이구아수 폭포라는 전설이 구전되었다 합니다.

'레비아탄'은 구약성서 욥기에서 '악의 화신'으로 묘사되는 바다 괴물로, 거대함과 힘을 상징합니다. 비늘에 덮인 거대한 뱀이나 악어와 비슷한 모습으로 묘사되며, 등에는 단단한 돌기가 있고 코에서는 연기를, 입에서는 불을 내뿜었다고 합니다.
레비아탄은 오늘날의 레바논을 중심으로 하는 고대 지역인 페니키아의 신화에도 사나운 바다 괴물인 '리탄'으로 등장합니다.
성경 속의 욥기41장에서는 레비아탄을 다음과 같이 묘사하고 있습니다.
"땅 위에는 그와 같은 것이 없으니, 그것은 무서움을 모르는 존재로 만들어졌다. 높은 자들은 모두 내려다보니 그것은 모든 오만한 자들 위에 군림하는 임금이다."
영국의 철학자 토머스 홉스는 저서 ≪리바이던≫에서 국가를 레비아탄에 비유, 전제군주주의를 비판한 바 있습니다.

이처럼 삶의 작은 이야기부터 큰 사건에 이르기까지 인간의 이야기는 변화와 각색을 통하여 세상에 알려집니다.

그 출발점은 항상 인간입니다. 지나치게 빠른 시대의 변화 속에 우리는 놓여 있습니다.
4차 산업, 스마트폰, SNS로 자신의 일상사가 빠르게 퍼지는 시대에서 우리는 쉼 없이 살아가는 존재입니다.
그렇더라도, 사람의 가치는 존중되어야 하고 사람이 우선일 것입니다.

내가 만들어 가는 세상, 그것이 역사가 되고 문화가 될 것입니다. *

소확행 & 목적이 이끄는 삶

과학 문명의 발달에 힘입어 인간이 놀 수 있는 마당은 그야말로 무한 확장되었고, 심지어는 인공지능 기술을 응용한 로봇과 대화하며 놀 수 있는 시대가 되었습니다.
20세기 초반 네덜란드 출신의 역사문화학자 요한 하위징아1872~1945는 그의 저서 ≪호모 루덴스1938년 출간≫에서 놀이와 유희에 재미있는 의미를 부여했습니다.

놀이는 단순히 문화의 한 요소가 아닙니다. 문화 그 자체가 놀이의 성격을 지닙니다.
우리는 인간을 '호모 사피엔스' 즉, 생각하는 존재로 부르는 데 익숙해져 있습니다. 이성을 숭배하고 이를 바탕으로 한 낙관적 사고가 삶의 전부인 양 믿었던 때가 있습니다.
이제 인간은 냉정한 이성의 세계에 빠져 존재하기보다 활발하게 감성을 움직이며 삶을 만드는 사람을 '호모 파베르'라고 부릅니다.

'감성적 활동'은 '창조적 활동' 이상으로 중요합니다.

프랑스 실존주의 철학자로 알려진 가브리엘 마르셀1989~1973은 인류를 '호모 비아토르Homo Viator'로 여행하는 인간으로 정의했는데요.
삶의 재충전을 위해 필요한 시간은 여행 만한 것이 없다고 생각합니다. 혼자 다니는 여행도 좋고, 가족과 같이 다니는 여행도 좋고, 친한 친구들과 같이 다니는 여행도 좋습니다.
잠시나마 시름을 잊고 일상에서 벗어나 오롯이 시간에 구애받지 않고 동행한 일행들과 담소도 나누고, 행복하게 음식을 먹을 때 자유를 느끼기도 합니다.

요즘 '혼밥'도 대세인 것 같습니다. 혼자서 무엇인가를 먹는다는 행위야말로 현대인에게 주어진 최고의 힐링치유이라는 생각이 들며, '소확행소소하지만 확실한 행복'을 느낄 것입니다.
언제부터인가 20, 30대를 중심으로 불기 시작한 소확행 열풍이 현대사회에 개인의 라이프 스타일뿐만 아니라 기업 마케팅에서도 가장 주목받는 트렌드로 떠오르고 있습니다.
영화, 출판시장은 물론이고 유통, 여행업계에서는 소확행을 내세워 마케팅하는 곳이 많습니다.
실제로 집에서도 카페처럼 브런치를 요리할 수 있는 커피머신, 토스트기, 주스기 매출이 늘고 있고 과시용 장거리 해외여행보다 일상 속 짧은 여행을 선호하는 이들도 증가하고 있다고 합니다.

소확행 트렌드를 바라보는 시각은 다양합니다.
어떻게 보면 소확행은 미래가 없는 삶처럼 느껴지기도 합니다. 아무리 노력해도 오를 수 없는 철의 장막의 시대를 살고 있는 청년층의 기류를 반영하고 있는 듯하기 때문입니다.
반면 작은 행복을 적극적으로 찾는 삶의 방식이야말로 스트레스가 심한 현대인들이 가져야 할 현명한 태도라는 분석도 있습니다. 그럼에도 불구하고 소확행의 트렌드는 많은 삶의 변화를 가져왔다는 데 부인하는 이는 많지 않을 것입니다.

소확행은 집 근처 카페에서 커피를 마시며 조용히 삶을 즐기는 프랑스의 '오캄Au Calme', 장작불 옆에서 코코아를 마시는 것처럼 편안하고 안락한 덴마크의 '휘게Hygge'와 비슷하다면서, 한국에서도 선진국형 행복 추구방식이 나타난 것이라고 전문가들은 진단하고 있습니다.
'갓 구운 빵을 손으로 찢어 먹는 것', '겨울밤 부스럭 소리를 내며 이불 속으로 들어가 군고구마에 소설책을 읽는 것', '와인을 마시며 유튜브에서 다양한 가수들의 노래를 감상하는 것', '저녁을 먹으면서 가족들과 도란도란 이야기를 나누는 것' 등 우리 일상에서 소확행의 패턴은 많이 찾아볼 수 있습니다.

소확행은 일본의 소설가 무라카미 하루키가 1986년에 펴낸 에세이집 ≪랑겔 한스섬의 오후≫에서 언급한 단어입니다.
'이키가이いきがい' 역시 마찬가지입니다. '이키'는 삶, '가이'는 가치 · 보람의 일본어로, 매일의 작은 삶 속에서 '가치와 보람을 찾는 사람'을 빗대어 표현한 말입니다.
연세 드신 할머니가 손녀를 봐주며 보람을 느끼는 것, 무료 급식소에서 자원봉사를 하며 보람을 찾는 것 등이 해당된다고 할 수 있겠습니다.
'라떼파파' 역시 같은 맥락으로 이해하셔도 좋습니다. 라떼파파는 스칸디나비아반도 부근 스웨덴 등의 나라에서 육아휴직을 낸 가장들이 한 손에는 유모차, 한 손에는 라떼를 든 아버지를 의미합니다.
이쯤 되면 전 세계적으로 소확행의 트렌드는 만국 공통이라는 생각이 듭니다.

이와 관련, 또 다른 신종어로 '무확행무모하지만 확실한 행복'이 있습니다. 어떤 것이 있을까요?
SBS 방송에서 방영되고 있는 '정글의 법칙'에서 '병만족(개그맨 김병만을 비롯하여 많은 연예인이 출연'은 정글에서 살아남기 위해 맨손으로 뚝딱하고 집을 짓는가 하면, 차디찬 바다에 거침없이 뛰어들고, 작살 하나로 먹을거리를 구하러 나서는 등 투혼과 열정을 보여 주며 정글에서 살아남는 법을 보여 줍니다.
이렇듯 도전 의식으로 험지를 자원해 가서 다소 고생스럽지만, 그

와중에서 행복감을 느끼는 경우가 무확행이라고 할 수 있겠습니다.

영국의 한 남자가 갑자기 쓰러져 숨을 쉬지 않고 있어서 죽었다고 판단하고 병원 영안실에 안치했는데, 수십 시간이 지나 죽었다고 생각했던 사람이 기적적으로 다시 살아났습니다.
이 미스터리한 사람을 기자가 인터뷰하면서 "사후 세계를 보았습니까?"라고 물었습니다. 그 사람은 숨이 끊기는 찰나에 그간 살았던 생이 수 분간 파노라마처럼 흘러가며 전생이 보였다 했습니다. 그리고 그는 지금껏 열심히 살지 못한 걸 후회했다 했습니다.

삶은 누구에게나 공평하게 주어진 한 번뿐인 인생입니다. 행복할 것인가, 불행할 것인가는 결국 자신의 마음속에 달렸다는 생각이 듭니다.
현대인은 너무 바쁘게 삽니다. 집 때문에, 차 때문에, 자녀 때문에, 그리고 무엇보다도 중요한 체면 때문에 바쁩니다. 긴장된 생활 속에 웃음은 점차 사라지고 마음은 마른풀처럼 메말라 가는데도 자신을 몰아세우기를 멈추지 못합니다.
바쁘게 살지 않으면 불안하기 때문입니다. 남에게 뒤처질까 봐, 경쟁이 치열한 사회에서 도태될까 봐 두려운 것입니다.
그래서 여유롭고 단순한 삶이 훨씬 좋다는 것을 알고, 또 그런 삶을 바라면서도 끊임없이 돌아가는 쳇바퀴에서 빠져나오지 못하는 것입니다.

프랑스 시인 폴 발레리1871~1945는 "생각하는 대로 살지 않으면 사는 대로 생각하게 된다."라는 말을 했습니다. 그리고 "신념 없이 사는 건 등대 없이 칠흑 같은 밤바다를 항해하는 것과 같다."라고도 했습니다.

'Yolo욜로'는 한 번뿐인 인생이니 하루하루 충실하자는 것입니다. 그냥 막살자는 것은 아니고 미래에 대한 대비 없이 오늘을 흥청망청하자는 것도 아닙니다. 오늘을 충실히 살다 보면 내일도 충실해질 수 있다는 의미입니다.
돈을 많이 벌어 돈을 많이 가진 게 풍요한 게 아니라 적은 돈이라도 그 돈을 합리적으로 써서 내 삶을 윤택하게 만드는 게 풍요라고 생각하는 주의입니다.
Yolo는 소비와 라이프스타일의 방향과 목적을 바꾸고 있습니다. 물질보다는 사람을 중시한다는 점, 일상의 사소한 것에서 행복을 찾는다는 점도 같습니다.
이처럼 욜로가 최근의 라이프스타일이 된 것은 물질만능주의와 성공을 위해 살아가던 삶에 실망하고 신물이 났기 때문은 아닐까 하는 생각을 해보았습니다.

삶의 유연함도 좋지만, 목적이 이끄는 삶이 한결 더 아름답지 않을까 하는 생각입니다. *

소중한 인간관계

오래전, 후배의 초청으로 중국을 방문한 적이 있습니다. 중국에 갔을 때 후배는 같이 일하고 있는 현지 중국인 사장을 소개해 주었고, 그 분은 제가 체류하는 내내 저를 극진히 보살펴 주었습니다.
그리고 며칠 머무는 동안 초면인 저를 귀한 손님으로 대해주면서 정성껏 식사 대접도 해주시고, 현지 관광도 시켜주시는 등 부담스러울 정도로 저를 챙겨 주었습니다.
짧은 기간이었지만, 중국의 인간관계 즉, '꽌시이익과 혜택을 주면서 형성되는 인간관계문화'를 알게 되었습니다.
'꽌시'란 본질적으로 인간이 사회적 동물로서 필요한 '이너 서클Inner circle'입니다. 꽌시는 기본적으로 내가 줄 게 있고, 상대도 줄 게 있어야 하며, 본질은 주고받음이라고 할 수 있겠습니다.

사람들은 보통 자신에게 도움이 되는 사람에게 접근하고 그런 영향력을 가진 사람들에게 접근하려는 경향이 있지요. 그러나 그런

식의 인간관계는 한계에 봉착하게 됩니다.
그런 만남이 지속될수록 자신도 다분히 이해득실을 따지면서 만나게 되고, 상대방도 그런 연유로 자신을 만나려고 한다는 것을 간파하게 됩니다.
좋은 꽌시를 위해서는 자신이 뭔가 줄 만한 사람이 되어야 합니다. 자신이 가진 인맥·조언·해결방안 제시, 심지어는 재물까지 말입니다.

그에 반해 '슝디상대방의 가족을 내 가족처럼 돌보고, 상대방이 원하는 게 있으면 언제든지 주고, 상대방의 이익을 철저히 지켜주는 관계'는 자신의 모든 것을 아무런 조건 없이 내놓을 수 있다는 마음으로 상대방에 대하여 헌신적으로 인간관계를 유지하는 것을 말합니다.
아무런 조건도 실리도 원하지 않습니다. 그야말로 해주면 고마운 것이고 자신의 마음을 조금이라도 알아준다면 그만인 것입니다. 인간관계의 더없이 소중함을 이야기하는 문화라고 할 수 있겠습니다.

고대 로마의 콜로세움은 사람과 맹수를 싸우게 했던 피비린내 나는 투기장입니다. 그런데 이 잔인한 무대에 딱 한 번 피 냄새 대신 구원과 사랑의 향기가 흘러넘친 기적 같은 순간이 있었다 합니다.

긴장감이 감도는 콜로세움, 수많은 관중이 지켜보는 가운데 며칠 동안 굶주린 사나운 사자가 경기장으로 들어왔다 합니다. 경기장 한쪽

구석에는 한 죄수가 긴 창을 꽉 쥔 채 벌벌 떨고 있었습니다.
그는 오늘 자신이 이곳에서 죽을 것을 의심하지 않았기에 고통스러운 순간이 어서 지나가고 신을 만날 수 있기를 간절히 기도했습니다.
사자는 곧 죄수를 발견하고 맹렬하게 달려들었습니다. 죄수는 마지막 발악을 하는 심정으로 창을 휘둘렀습니다. 하지만 사자는 날렵하게 창을 피하고 옆으로 돌아 다시 그에게 달려들려고 했습니다.
그때, 이상한 일이 벌어졌습니다. 사자가 갑자기 킁킁대며 냄새를 맡더니 그의 주변을 빙빙 돌다가 옆에 얌전히 주저앉아버리는 것이었습니다. 그뿐만이 아니라 그의 손과 발에 다정하고 온순한 몸짓으로 머리를 비벼댔습니다. 콜로세움 안은 순간적으로 고요에 휩싸였습니다. 잠시 후, 우레와 같은 박수와 함성이 터져 나왔습니다.
황제도 깜짝 놀라 죄수를 불러 이유를 물었습니다. 죄수가 감격의 눈물을 흘리며 말했습니다.
"일 년 전쯤에 숲을 지나다가 크게 다친 새끼 사자를 발견한 일이 있습니다. 저는 사자를 데려와서 상처를 치료해주고 보살피다가 다 나은 후에 숲으로 돌려보냈습니다. 그리고 오늘 아마도 그때의 그 사자를 다시 만난 것 같습니다."
죄수의 이야기에 황제는 깊이 감동하고 그를 석방했습니다.

누가 이 죄수를 구한 것일까요? 은혜를 잊지 않은 사자일까요?
궁극적으로 그를 구원한 것은 소중한 만남과 과거에 그가 뿌렸던 선의의 씨앗일 것입니다. 그 씨앗이 선한 열매를 맺은 것입니다.

영국의 한 신문사에서 독자를 대상으로 '영국의 아래 끝에서 런던까지 가장 빨리 가는 방법'에 대해 현상공모를 했습니다.
독자들은 비행기, 기차, 자동차, 도보 등 다양한 답을 내놓았습니다.
이 가운데 1등으로 뽑힌 답은 무엇일까요?
바로 '좋은 동반자와 함께 가는 것'이었습니다. 그 이유는 뜻을 같이하는 사람과 가면 지루하지 않고 재미있어 빨리 갈 수 있기 때문입니다.
우리는 살아가면서 인생의 좋은 말동무, 길동무, 동반자를 많이 만들어야 하겠습니다.
그러기 위해서는 타인에 대한 친절과 배려, 희생과 봉사를 생활화해야 하겠습니다. 설령, 내 마음에 들지 않는 사람이라도 먼저 손을 내미십시오.

'라피끄Rafik'는 '먼 길을 함께 할 동반자'라는 아랍어입니다.
먼 길을 함께할 '좋은 동반자'란 어떤 사람일까요?
사람의 인생길은 어디로 가는 길보다 훨씬 멀고 험난합니다. 비바람이 불고 천둥이 치는 날들이 숱할 것입니다.
그 길을 무사히, 행복하게 가자면 가족, 친구, 동료와 같은 여행의 동반자가 있어야 합니다. 상호 간에 모든 것을 공감하는 것! 이것이야말로 좋은 동반자의 조건일 것입니다.
악성樂聖 베토벤의 성공엔 이런 음악적 공감의 동반자가 있었습니다. 바로 어머니였습니다.

천둥 치는 어느 날, 소년 베토벤이 마당에서 혼자 비를 맞고 있었습니다. 소년은 나뭇잎에 스치는 비와 바람의 교향곡에 흠뻑 빠져 있었습니다. 어머니는 그런 아들에게 집으로 빨리 들어오라고 소리치지 않았습니다.
아들이 있는 곳으로 걸어가 꼭 껴안아 주었습니다.
함께 비를 맞으며 말했습니다.
"그래, 아름다운 자연의 소리를 함께 들어 보자."
아들은 신이 났습니다.
"엄마, 새소리가 들려요. 저 새는 어떤 새죠? 왜 울고 있어요?"
어머니는 폭우처럼 쏟아지는 아들의 질문에 다정하게 응대했습니다.

위대한 베토벤의 교향곡은 아마 그때 밀알처럼 싹이 돋았는지도 모릅니다.

사람은 누구나 좋은 동반자를 원합니다.
인생길에서 그런 사람을 만나기란 말처럼 쉽지 않습니다. 그러나 방법이 있습니다. 바로 나 스스로 먼저 좋은 동반자가 되어주는 것입니다.
흙바닥 위에 세운 기둥은 상식적으로 깨지고, 썩고, 미끄러지기 쉽습니다. 당연히 오래가지 못할 것이 뻔합니다. 그래서 옛날에 집을 지을 때는 기둥 밑에 주춧돌을 받쳐놓고 집을 지었습니다. 하지만 자연에서 얻는 다양한 돌들의 모양은 울퉁불퉁 제멋대로이기 마련입니다.
톱과 대패를 이용해서 만든 나무 기둥의 단면은 평평해집니다. 그러면 주춧돌 위에 기둥을 얹기 위해서 단단한 돌을 어렵게 평평하게 깎는 것보다 옛 장인들은 더 깎기 쉬운 나무 기둥의 단면을 울퉁불퉁한 주춧돌의 단면과 꼭 맞도록 깎아내어 문제를 해결하였습니다.

이렇게 주춧돌의 표면과 나무 기둥이 꼭 맞도록 기둥의 단면을 깎아내는 것을 '그렝이질'이라고 합니다.
그렝이질이 잘된 기둥은 못이나 접착제를 사용하지 않아도 쉽게 넘어지지 않고 단단하고 꼿꼿하게 서 있습니다.
그리고 지진이 일어났을 때 주춧돌이 매끈한 돌이라면 기둥이 밀려갈 수 있지만, 한옥의 경우 울퉁불퉁한 주춧돌 위에 서 있어서 쉽게 밀리지 않고 오히려 울퉁불퉁한 면이 기둥을 안전하게 잡아주는 역할을 한다고 합니다.
바람이 강한 제주의 돌담들이 밀리지 않는 이유는 다르게 생긴 돌들끼리 아귀를 맞추기 때문에 서로를 자연스레 잡아주는 힘이 생기는 것입니다.

두 개의 것이 만날 때 하나의 모양이 거칠고 울퉁불퉁해도 다른 하나의 모양이 그 거친 모양에 맞추어 감싸 줄 수 있다면 그 둘의 만남은 세상 무엇보다도 더 견고한 결합을 이룰 수 있습니다.

나와 함께하는 사람의 마음이 울퉁불퉁하다고 해서 그 사람을 피하고 미워하려고만 하기보다는 그 마음에 다가가서 동화되는 것이 중요합니다.

밉게 보면 잡초 아닌 풀이 없고, 곱게 보면 꽃 아닌 풀이 없습니다.
힘겨운 나날을 포기하지 않고 살아온 서로에게 고마워하며 따뜻하게 포옹해 주십시오.

어느새 캄캄해진 밤하늘의 별이 아픔을 떠나보낸 제 마음처럼 환하게 빛나고 있습니다.
조개의 상처가 아름다운 진주를 빚는 것처럼 삶의 생채기가 다른 누군가에게 의미가 되어간다면 얼마나 좋을까요. 제 아픈 이야기가 누군가에게 살아갈 용기를 줄 수 있다면 그 아픔은 진주처럼 아름다울 것입니다.

빅터플랭크린 1905. 3. 26.~1997. 9. 2. 오스트리아 출생은 제2차 세계대전 때 유태인이라는 이유로 아우슈비츠 수용소로 강제로 끌려갔고 생사의 기로에 있었지만, 매일매일 긍정적인 마인드로 고통의 생활 속에서 희망을 잃지 않고 '로고테라피 logotherapy, 심리치료 이론'를 통해 절망에 처에 있는 많은 수용소의 사람들에게 도움을 주었습니다.
그런 노력이 있었기에 자신을 비롯하여 많은 사람이 희망을 품고 혹독한 수감생활을 이겨낼 수 있었던 것입니다.

런던 길 한 모퉁이에서 구두를 닦는 소년이 있었습니다.
빚 때문에 감옥에 갇힌 아버지를 대신하여 집안 살림을 꾸려나가야 했던 것입니다. 소년은 매일 새벽부터 밤늦게까지 행인들의 구두를 닦았는데, 단 한 번도 인상을 찌푸리는 일이 없었습니다.
늘 콧노래를 흥얼거리며 밝게 웃는 모습이었습니다.
사람들이 소년에게 물었습니다.
"구두 닦는 일이 뭐가 그렇게 좋으니?"
그때마다 소년의 대답은 한결같았습니다.
"당연히 즐겁지요. 저는 지금 구두를 닦는 게 아니라 희망을 닦고 있거든요."
이 소년이 바로 〈올리버 트위스트〉, 〈크리스마스 캐럴〉을 쓰고 19세기 셰익스피어에 버금가는 인기를 누린 천재 작가 찰스 디킨스입니다.
소년 찰스는 일반 사람들 눈에는 불쌍하게 보일 수밖에 없는 불우한 소년이었습니다.
그런 그가 삶을 비관하지 않고 오히려 콧노래를 부를 수 있었던 비결은 바로 '희망'이었습니다.

희망은 절망을 몰아냅니다.
절망감이 엄습할 때 절망을 상대로 씨름해서는 절망을 벗어나지 못합니다.
하지만 절망이 밀려올 때 절망을 보지 않고 희망을 붙들면 절망은 발붙일 틈이 없게 됩니다.
우리는 끊임없이 희망을 가져야 합니다. 희망을 가질 수 없는 상황일지라도 계속 좋은 것만 상상하기 바랍니다. 그것이면 충분합니다. 계속해서 희망을 품는 것이 절망을 이기는 가장 좋은 방법입니다.
셰익스피어가 말했습니다.
"불행을 치유하는 유일한 약으로 희망 이외에는 없다!"

삶을 살아가면서 연탄 같은 인생도 좋을 것입니다.
작은 성냥 한 개비는 불을 지펴 수 시간 동안 방을 따뜻하게 해줍니다.
사람과 사람 사이에도 적당한 안전지대가 필요합니다. 고속도로를 달리다 졸음이 오면 '졸음쉼터'에서 잠시 충분한 휴식을 취하고 운전을 재개합니다.
단 한 번의 졸음이 모든 것을 잃을 수 있듯이, 건강한 인간관계의 지속을 위해서는 함께 지키고 존중해야 할 안전거리가 있습니다.
서로의 작은 수고와 노력으로 모두가 행복한 삶, 가치 있는 삶이 되었으면 합니다. *

노력과 정성을 다하는 삶

제가 사는 집에 수도가 고장이 나서 한동안 수리를 안 했더니 수도꼭지에서 물방울이 한 방울 두 방울 떨어지기 시작했습니다. 처음에는 수도를 수리하기 전까지 그냥 놔두고 지켜만 보고 있었습니다.
그러다가 퍼뜩 머릿속에 수도꼭지에서 새는 물방울을 세숫대야에 받아 보면 어떨까 하는 생각이 들었습니다. 그리고 한동안 수도꼭지 밑에 세숫대야를 놓아 보았습니다. 그랬더니 놀라운 광경이 눈앞에 펼쳐졌습니다.
뉴스를 보다가 화장실을 이용하려고 문을 열었더니 수도꼭지 아래 세숫대야에 한가득 물이 담겨 있었습니다. 한 방울 한 방울 떨어지는 물이 몇 시간 사이 세숫대야에 가득할 정도로 물이 담긴 것입니다.
그 광경을 보고는 이런 생각이 들었습니다. 무엇이든지 꾸준히 하게 되면 조금씩 실력이 쌓이고 처음에는 시행착오를 겪지만, 어느 순간에는 자신도 모르게 능력자가 될 수 있다는 것을요.

목돈이 생길 때마다 은행에 예금이나 적금에 가입하여 일정액의 돈을 불입하다 보면 비록 얼마 안 되는 원금과 이자이지만, 푼돈이 목돈이 되어 '티끌 모아 태산'이 된다는 것을 잘 알고 있을 것입니다.
얼마 전 유튜브에서 재테크 이야기를 하면서 '풍차 돌리기'라는 방법을 소개하는 것을 보았습니다.
1년, 12달을 나누어 한 달에 한 개씩 적금에 가입하면 12개의 통장이 생기는데, 매달 들어오는 이자를 받다 보면 1년 사이에 적지 않은 푼돈을 모을 수 있다는 논리였습니다.

영국의 작가 말콤 글래드웰은 그의 저서 ≪아웃라이더≫에서 "어떤 분야든 1만 시간을 투자하면 그 분야에 달인이 된다."라는 '1만 시간의 법칙'을 설파한 바 있습니다.
중요한 것은 단순히 1만 시간을 투자하는 것이 아니고 1만 시간 동안 열정과 혼을 얼마 만큼 불어넣을 수 있느냐 하는 것입니다.
매년 올림픽에 우리나라를 대표하는 선수들이 경기에 나와서 시합을 치릅니다. 잘 아시겠지만, 그 선수들은 4년마다 개최되는 올림픽을 위해 매일 구슬땀을 흘립니다. 모든 시간을 오직 운동만 생각하고 열심히 훈련합니다.
결국 그런 피땀 어린 노력이 있었기에 금·은·동메달을 따게 되는 것입니다. 이들은 기본적으로 천부적인 재능을 지녔지만 자만하지 않고 열심히 했기 때문에 오늘날 한국을 빛낸 훌륭한 선수가 된 것입니다.

'적수천석滴水穿石'이라는 말이 있습니다. '물방울이 바위를 뚫는다'는 뜻입니다. 또한, '마부위침磨斧爲針' 즉, 도끼를 갈아서 바늘을 만든다는 말입니다.
모든 게 노력을 얼마나 하느냐에 따라 결과가 달라진다는 말일 것입니다. 작은 행동을 끊임없이 하다 보면 시간 속에서 우리는 원하는 목표에 도달해 있을 것입니다.

성공하는 사람은 방법을 찾고, 실패하는 사람은 핑계를 찾는다고 합니다.

여러분은 어떻습니까? 지금도 핑계를 대며 위안을 하고 있진 않겠지요?
우리에게 필요한 건, 포기하지 않고 행동하는 신념입니다. *

선택과 집중

어릴 적 부모님과 강 나루터에서 나룻배의 노를 저으며 놀았던 기억이 있습니다. 제가 앞으로 나아가기 위해 힘껏 노를 저었지만, 나룻배는 한자리에서 빙빙 돌기만 하다가 이내 다시 제자리로 돌아오곤 했습니다.
그때 전문 뱃사공이 저에게 "목적지만 바라보고 힘껏 노를 저어 보라."라고 하였습니다. 그랬더니 신기하게 배가 차츰차츰 움직이기 시작하더니 거짓말같이 배가 목적지로 나아가고 있었습니다.
결국 배를 움직여야 한다는 생각만 하였을 뿐 목적지를 바라보지 않고 쓸데없이 힘만 쓰고 있었기에 배는 움직이지 않고 빙빙 돌기만 했던 것입니다.

우리가 잘 아는 피겨스케이팅 김연아 선수가 점프하기 위해 날아올랐을 때 흔들림 없이 동작을 마무리할 수 있었던 이유는 주변을 의식하지 않고 한 곳만 응시하며 끝까지 자세를 유지할 수 있었기 때문이라고 이야기한 바 있습니다.
"태양을 바라보고 달려라. 그러면 그림자는 보이지 않을 것이다."
헬렌 켈러의 말입니다.

세상을 살면서 각자 처한 상황이 다르고 목표 또한 다르지만 한 곳의 목적지만 바라보고 좌고우면하지 않고 흔들림 없이 나아간다면 희망하는 대로 좋은 결과를 얻을 수 있을 것입니다.
많은 것을 다 잘하려고 하지 말고 자신이 좋아하고 잘할 수 있는 것을 하는 것이 더 현명한 선택일 것입니다.
여기저기 땅을 파서 얻을 수 있는 대가보다 한 우물을 파서 얻는 대가가 훨씬 더 클 것입니다.

우리나라가 보릿고개의 경제적 어려움을 이겨내고 어려웠던 경제 난국을 극복하며 '한강의 기적'을 일구어내기까지는 무수한 기업인들의 헌신적인 노력이 있지 않았나 생각을 해봅니다. 녹록치 않은 상황에서 결단해야 할 때는 과감히 결정을 내리고, 아니다 싶으면 용단을 내려 과감히 실행함으로써 자칫 비합리적이고 비효율적인 결과로 이어질 수 있는 우愚를 범하지 않는 것이 무엇보다도 중요하리라 봅니다.
선택과 집중이 그래서 필요한 것입니다.

기업 현장의 의사결정과정에서 발생하는 개념 논리 중 '매몰 비용'

이라는 것이 있습니다. 매몰 비용을 심각하게 고려해 잘못된 의사결정을 하는 경우가 종종 있습니다.
우리가 알고 있는 '콩코드 여객기 개발 사업'이 대표적인 사례 중 하나입니다.
1969년 프랑스는 초음속 여객기 개발계획을 발표했습니다.
많은 국민과 학자가 천문학적인 비용이 들어가는 콩코드 여객기 개발 사업은 경제성이 없다며 우려의 목소리를 높이고 있었습니다.
하지만 당시 프랑스 정부는 이미 사업 진행 과정에서 지급된 금액이 많아 개발중단을 주저했고 사업은 그대로 진행되어 결국 1976년 콩코드 여객기가 완성되었습니다.
하지만 기체결함과 만성적 적자에 허덕이다가 2000년대 초, 사업은 중단되었습니다.
이때부터 매몰 비용을 고려한 잘못된 의사결정의 오류를 '콩코드오류'라고 부르게 되었습니다. 결국, 결정의 순간에 결정하지 않음으로써 막대한 손실을 가져다준다는 교훈적 사례라고 할 수 있겠습니다.

반면에 '양떼효과'라는 심리적 현상이 있습니다. 양떼효과Herding effect는 주식투자에서 처음으로 사용된 용어입니다.
투자자가 주식 거래 과정에서 학습과 모방을 통해 맹목적으로 다른 사람을 따라 하는 것을 말하는데, 심리학자들은 이런 효과가 발생하는 이유를 무리에서 뒤처지지 않기 위해 어쩔 수 없이 따라 하는 현상이라 하며, 자신의 생각과 다르게 다수의 사람과 일치하는 방향으로 행동하는 것을 일컫습니다.
양떼효과는 '편승효과'라고도 불리는데, 이는 집단의 힘 앞에서 개인이 이성적인 판단을 포기하고, 대중의 추세분위기만을 좇는 것으로 자신의 판단을 부정하고 선택의 의미를 주관적으로 고려할 수 없는 상황에 이르게 합니다.

우리가 어떤 일을 당할 때 어떤 분석도 없이 군중에게 무조건 순종해서는 안 되고 맹목적으로 남들이 하는 대로 따라 하다가는 큰 문제를 일으킬 수 있습니다.
대중의 행동이 이성적이면 자연스럽게 따라갈 수 있겠지만, 그렇지 않을 경우는 매사에 신중하게 결정하는 습관을 들여야 할 것입니다.
아무런 생각 없이 군중심리에 동화되어 잘못된 선택을 하는 것도 문제이지만, 선택과 결정의 순간에 제대로 된 결정이 없다면, 그것은 탐욕과 광기에 의해 떠 받혀진 비이성적 주저함으로 인해 그 끝은 처참할 수밖에 없을 것입니다. 행동하는 양심, 그것이 필요한 것입니다.

세상에는 두 종류의 일이 있습니다.
하나는 바꿀 수 있는 일이고, 다른 하나는 바꿀 수 없는 일입니다.
바꿀 수 없는 일을 바꾸려고 하는 것은 헛된 시도이며, 괴로움만 더해질 뿐입니다.
행복해지고 싶다면 먼저 바꿀 수 없는 일들을 있는 그대로 받아들이고 자신의 힘으로 바꿀 수 있는 일을 찾은 뒤 한 목표를 정하고 그것을 이루기 위해 꾸준히 노력해야만 할 것입니다.

세상에 완벽한 사람은 없습니다.
부족한 자신을 인정하고 단점을 쿨하게 인정하는 대신 자신의 장점을 찾아 부단히 노력한다면 충분히 '성공과 행복한 삶'이라는 두 마리 토끼를 잡을 수 있을 것입니다. *

칭찬과 겸손

저의 아버지는 평소에 글쓰기를 좋아하셨습니다. 항상 책이 손에서 떠나지 않으셨고, 매일 일기를 쓰는가 하면, 각종 신문사에 투고도 많이 하시면서 문학 활동을 왕성하게 하셨습니다.
그 덕에 저는 어릴 적부터 아버지의 혹독한 가르침을 받아 저 자신도 글을 좋아하게 되었고, 글도 많이 쓰게 되었습니다.

초등학교 4학년 때의 일입니다. 저하고 단짝이던 친구와 말다툼을 심하게 하며 싸우게 되었습니다.
교실에서 시끄러운 소리가 나자 지나가던 선생님이 저희를 교무실로 조용히 불러서 타이르고 각자 반성문을 써오라고 하였습니다.
저는 반성문을 작성하여 선생님께 드렸습니다.
시간이 좀 지나고 선생님이 저를 교무실로 다시 불렀습니다. 교무실로 가는 동안 '내가 친구보다 더 잘못해서 선생님이 나만 꾸짖으려고 하는구나'라고 생각하였습니다.

교무실에 도착하자 선생님이 저를 의자에 앉으라 하더니, 저에게 물었습니다.
"이 반성문 네가 쓴 거야?"
"예! 제가 썼습니다."
선생님은 반성문의 내용을 보시고 저를 칭찬해 주려고 불렀던 것입니다.

반성문의 내용은 이랬습니다.
'저는 오늘 친구와 싸웠습니다. 평소에 친하게 지내던 친구인데, 제가 잘못해서 친구의 마음을 상하게 한 것 같습니다. 이번 일을 거울삼아 앞으로 다시는 싸우는 일이 없도록 하고 더 열심히 공부하겠습니다.'
선생님은 초등학교 4학년인 제가 '거울삼아'라는 단어를 쓴 게 글재주가 있다고 판단하셨던 것 같습니다.
선생님은 더 나아가서 저에게 "너는 커서 훌륭한 작가가 될 소질이 있구나. 열심히 공부하고 책도 많이 읽고 해서 꼭 작가가 되어라."라고 말씀하셨습니다.
그 한마디가 저에게는 엄청난 용기와 힘이 되었습니다. 아마도 지금 제가 작가가 되어 글을 쓰고 있는 것도 그 선생님의 격려 덕분이 아닌가 싶습니다.

누구나 칭찬을 받아 보았을 겁니다. 그러나 칭찬에 너무 큰 의미를 두지 않기를 바랍니다. 남이 나를 칭찬한다고 내가 더 좋은 사람이 되는 것도 아니고, 반대로 남이 날 비난한다고 내가 더 나쁜 사람이 되는 것도 아닙니다.
칭찬은 그저 칭찬일 뿐입니다. 칭찬과 비난에 일희일비一喜一悲할 필요 없습니다.
오스트리아의 정신과 의사이자 정신분석학의 창시자인 프로이트1856~1939는 칭찬이 스스로의 자유로움을 구속할 수 있다는 의미로, 이런 말을 했습니다.
"누군가 칭찬할 때 그만하라고 말하고 칭찬을 거부하기는 쉽지 않다. 비판에 대해서는 방어가 가능하지만 칭찬에 대해서는 무기력할 수밖에 없다. 칭찬은 자유를 말살한다."

일본어로 '호메고로시'라는 말이 있습니다. '호메루ほめる'는 칭찬, '고로시ころし'는 죽음을 뜻합니다. 즉, 칭찬으로 사람을 죽인다는 뜻입니다. 필요 이상으로 칭찬해서 상대방의 투자나 의욕을 잃게 하거나, 약점을 치켜세우면서 사실을 비난할 때 쓰입니다.
또한 성철 스님은 이런 말씀을 남기셨습니다.

"칭찬과 숭배는 나를 타락의 구렁으로 떨어뜨린다. 천대와 모욕만큼 나를 굳세게 하는 것은 없다."

학교 다닐 때나 살아가면서 글을 좋아하는 사람이라면 한 번 정도 백일장이나 문예지에 작품을 응모한 경험이 있을 것입니다.
시내 유명하다는 서점에 가보면 하루에도 수백 권의 신인 작가들이 출간한 책들이 진열되어있는 것을 봅니다. 모두가 저마다 심혈을 기울여 쓴 작품일 것입니다.
페이스북이나 인스타그램 등 SNS에는 작가들이 자신의 책을 홍보하고 지인들은 그 책을 구매했다고 인증샷을 올리는 일들이 어제 오늘의 일이 아닙니다.
모두가 작가이고 자신이 쓴 책이 베스트셀러가 되기를 꿈꾸고 있는 듯합니다.
잘 아시겠지만, 글은 막 쓴다고 써지는 게 아닙니다. 천천히 구상하고 글감이 떠오를 때 한 글 한 글 쓰면서 수정하고 추가하면서 글을 완성해 가는 것입니다.
아무리 속도감 있게 쓰려고 해도 어느 정도의 시간이 필요한 것입니다. 허겁지겁 쓴 글이 좋을 리 없을 것입니다.
빨리 책 한 권 후딱 만들어 인지도를 키워 유명인이 될 것처럼 생각하지만, 모든 것이 마음처럼 되는 게 없습니다. 천천히, 한걸음, 한땀 한땀 정성을 들여 무엇이든 해야 할 것입니다. 그게 노력이고 공功입니다.

인생을 살면서 자기만의 속도가 있을 것입니다. 각자 처한 상황이 다르기 때문입니다. 저는 저만이 준수해야 할 속도가 있습니다.
그 속도로 살고 싶습니다. 어떨 때는 10km로 가다가 또 어떨 때는

20km로. 조금 빨리 가야 한다면 60km로 갈 것입니다.
느리더라도 꾸준히 내가 하고 싶은 것을 하며 살고 싶고, 내가 가진 능력만큼 활동하고 소유하며 살고 싶습니다.
분수에 넘치게 유명해지는 것도 사절입니다. 그 유명세가 싫어서가 아니라 그 유명세를 감당하지 못할 것 같습니다. 몇 권의 책을 집필했습니다만, 베스트셀러가 되지 못했다고 의기소침하지 않을 것입니다.
제 책을 읽어 보고 한 사람이라도 알아봐 준다면 그것으로 저는 만족합니다. 그러던 제가 갑자기 유명해질 수도 있을 것입니다. 사람은 각자 제멋에 사는 것이니, 제 나름대로 꿈은 있습니다.

언젠가 제가 유명해져서 소위, '뜬다'라면 두려울 것 같습니다. 뜬다는 것은 발이 땅에서 분리된다는 것이고 조만간 다시 떨어질 것을 의미하기 때문입니다. '추락하는 것은 날개가 없다'고 합니다.
뜨기 위해서는 날갯짓을 해야 하고 날갯짓을 위한 쉼 없는 근육을 단련해야 하는데 이는 평생에 걸쳐서 해 나가야 할 저의 숙제입니다. 자신을 하늘에서 지탱해줄 날갯짓이 어느 정도 가능한지 가끔 성찰해 봐야 합니다.
그리고 겸손해야겠지요. 유명인이 방송에서 말 한마디 잘못해 '한 방'에 훅 가는 것을 봤잖습니까. 벼는 익을수록 고개를 숙이는 법입니다. *

티끌 모아 태산

산을 좋아해서 간간이 지인들과 산행을 하고 있습니다. 모처럼 아차산을 등산하면서 함께한 지인들과 많은 이야기를 나누었습니다. 산행을 같이한 일행 중 사업을 하고 있는 한 분이 의미 있는 이야기를 들려주었습니다.

자신은 어릴 적 어렵게 살았기 때문에 돈의 소중함을 너무도 잘 알고 있다 했습니다. 단돈 10원도 허투루 사용하는 일이 없고 지출을 철저히 관리하면서 헛된 돈이 나가지 않도록 하는 습관이 몸에 배어 있다고 했습니다.
그 덕분에 큰 사업체를 몇 개나 가지고 있으면서 지금까지 안정적으로 사업을 잘 운영하고 있다고 했습니다.
큰돈도 중요하지만, 잔돈을 잘 관리해야 하고, 신용관리에서도 큰돈만큼 적은 돈도 바로바로 갚아 나감으로써 차곡차곡 신용을 잃지 않고 있다 했습니다.

그 지인은 10원의 소중함을 잘 알고 있다고 했습니다. 사업상 차를 많이 몰고 다니는데, 기름을 주유하는 데 있어 단돈 10원이라도 저렴하면 멀더라도 그 주유소를 찾아가 주유를 한다고 했습니다.
소위, 알뜰한 소비를 하고 있다는 것이었습니다.

옛말에 '가랑비에 옷 젖는 줄 모른다'는 이야기가 있습니다. 계획적인 소비생활을 하지 않고 무계획적이고 즉흥적인 과소비를 하다 보면 수입보다 지출이 많기 때문에 경제적으로 어려움에 봉착할 수밖에 없습니다.
채널A TV에 '서민갑부'라는 프로그램이 있습니다. 소시민이 어렵게 돈을 벌어 성공하기까지의 삶의 과정을 보여주는 프로그램입니다.
거기에 출연한 소상공인들이 저마다 특성화된 전문적 장사와 사업을 통하여 성공하기까지 많은 우여곡절과 근검절약하여 점점 사업을 확장하고 부를 축적하기까지의 성공한 인생 스토리를 보면서 가슴이 뭉클해지기도 했습니다.
그분들은 공통적 특성이 있었습니다. 적은 돈이라도 가치의 소중함을 알고 절약했다는 것, 많은 돈을 벌었을지라도 초심을 잃지 않고 변함없이 열심히 일했다는 것 그리고 항상 겸손한 마음으로 손님들을 대했다는 것입니다.
성공한 사람들은 성공할 수밖에 없는 그만한 이유가 있는 것입니다.

이에 반해, 강남에서 3대째 업業을 이어받아 장사를 하고 있는 사장님이 있었습니다. 워낙 유명한 식당이라 매일 손님들로 문전성시를 이루었습니다.

장사가 잘되다 보니 자연스럽게 부도 축적되었고 체인점까지 늘리면서 사업을 공격적으로 확장해 나가기 시작했습니다.

그러던 중 언제부터인가 매일 출근하던 식당에 나가지 않고 해외여행, 골프, 심지어는 카지노를 들락날락하면서 방탕한 생활을 하기 시작하였고, 이후 큰 사건이 터졌습니다.

제대로 식당 관리를 못 하고 지배인에게 모든 것을 맡긴 상태로 영업을 하던 중, 원산지를 속이고 손님들에게 음식을 팔다가 언론에 대서특필되어 여론의 뭇매를 맞게 되면서 경영이 악화일로에 이르자 그만 식당을 다른 사람에게 헐값에 넘기게 되었습니다.

'개처럼 벌어서 정승처럼 쓴다'는 선조 때부터 내려온 유훈을 망각하고 가업으로 이어온 식당을 하루아침에 잃어버리게 된 그는 땅을 치며 반성하면서 하루하루 참회의 심정으로 살아가고 있다고 했습니다.

지금은 초심으로 돌아가 잔돈 한 푼 한 푼도 소중히 여기고 열심히 일하면서 절제의 삶을 살고 있다고 했습니다.

티끌 모아 태산이 됩니다. 적은 돈에도 감사할 줄 알아야 합니다. *

인권의 가치

정부 부처에 근무하는 선배의 이야기를 들었습니다.
그 선배는 공직자로서 후배들에게 자신과 같은 과오를 범하지 말라는 뜻으로 교훈 삼아 당시의 상황을 이야기하였습니다.
선배가 초임 시절 시골 한적한 면사무소에 부임해 근무하고 있을 때의 이야기였습니다.
그 당시만 해도 지금처럼 근무 여건이 좋지 않았고 면사무소에 근무하는 직원들의 가용 인원은 턱없이 부족한 상태에서 처리해야 할 민원업무가 많아 힘든 시절을 보냈다 합니다.
하루는 근무하고 있는데, 면사무소 앞에서 남자 2명이 심하게 싸우고 있다는 민원전화를 받고 파출소에 신고하였고, 신고를 받고 현장에 경찰관이 출동해 보니 한 청년과 당시 면사무소에 근무하던 선배 직원이 엉켜서 서로 멱살잡이하며 싸우는 상황이었답니다.
싸우고 있던 선배 직원은 당일 비번이었고 술을 거나하게 한잔한 상태였는데, 경찰관이 현장에 출동하니 기세등등하여 그 자리에서 오히려 젊은 친구의 뺨을 때리고 더 험악한 상황이 연출되었다 합니다.
출동한 경찰관은 면사무소 직원을 금방 알아보았고, 현장에서는 모른 체하며 두 사람을 일단 파출소로 임의동행하려 하였답니다.
그러나 경찰관은 순간적으로 파출소로 두 사람을 데리고 가면 누구의 잘잘못을 떠나 공무원 신분인 그 선배 직원에게 불이익이 올 것 같다는 생각이 들어, 현장에서 두 사람을 화해시키고 적당히 마무리하려 했답니다.
서로 이의를 제기하지 않겠다는 확약을 받고 훈방하려 하자, 젊은 친구가 물 한 잔 마시고 가겠다며 면사무소로 들어오게 되었답니다.
선배보다 나이가 8살이나 어렸던 그 청년 역시 낮술에 제법 취해 있었는데, 면사무소 소파에 기대앉아서 마치 상전 노릇이라도 하듯 "어이! 주사 아저씨, 물 좀 갖다주쇼."라며 물을 요구했고, 갖다 준 물을 바닥에 쏟으며 "요즘 면 직원들은 청소도 안 하나 보네. 왜 이리 바닥이 지저분해!"라며 고성을 질러대는 등 정말 가관이었답니다.
그래도 면 직원과 연관이 된 사건의 당사자인 까닭에 인내하며 집으로 보내려고 달래었는데, 갑자기 소파에서 일어나 바닥에다 침을 뱉으며 "나, 갑니다!"라고 소리치며 면사무소 문을 나서려 하더랍니다.
그 모습을 보고 선배는 도저히 참을 수 없어 그 젊은 친구의 팔을 잡아당겨 의자에 다시 앉히고는 "침을 어디다 뱉는 거야? 침 뱉은 것 닦고 가라!"라며 나무랐다고 합니다.
그랬더니 그 청년이 선배의 얼굴에 침을 뱉으며 "안 닦으면 어쩔 건데?"라며 대들었고, 선배는 자신도 모르게 울화가 치밀어 그 젊은 친구의 뺨을 한 대 때리게 되었다 합니다.
그러고 난 며칠 뒤에 그 청년이 호기롭게 면사무소에서 한 행동이 이해되었다 하는데, 알고 보았더니 그의 아버지는 당시 지역 부군수의 아들이었고, 그 아버지를 등에 업고 그렇게 안하무인 격으로 행동했던 것입니다.
결국, 그 부군수는 면장에게 문제를 제기해왔고, 어쩔 수 없이 군청으로 찾아가 사과를 했다고 합니다.
지금 돌이켜보면, 공무원으로서 엄정하게 법의 잣대를 적용해야 마땅했다는 생각과 공무원이기에 참는 게 순리였다는 생각이 교차한다며 그때를 회상했습니다.
이야기를 들으면서, 신분이나 지위 고하를 막론하고 그 누구에게나 인권의 중요성은 아무리 강조해도 지나치지 않다고 생각했습니다.

요즘 교사들로부터 푸념 섞인 이야기를 자주 듣습니다.
어느 시대나 똑같이 교사들의 권위는 인정되어야 하는데, 현재 교권이 많이 추락해 있다는 것입니다.
50대를 바라보는 저의 학창 시절에는 감히 선생님에게 대든다는 것은 꿈도 못 꾸었고, 심지어 선생님이 말을 안 듣는다고 회초리를 들어도 아무 말 않고 맞는 것이 응당 정당화되는 시대였습니다.

일각에서는 학생의 인권이 교사의 교권과 상충한다는 주장이 나오기도 합니다. 학생의 인권을 강조하다 보면 교권이 훼손되지 않을까 우려하는 경우가 있기 때문입니다.
학생들이 인권을 주장하면서 학교 시스템에 저항하면 선생님의 권위가 도전받기 때문에 말 안 듣는 학생들을 통제하기 어렵다는 식입니다. 이 같은 반응은 교권을 단지 교사의 권위로만 인식하는 데서 비롯됩니다.

교사의 권위를 통하여 통제와 처벌 그리고 학생의 순종을 통해 보장받는다는 잘못된 생각입니다.
교권이란 수업을 자유롭게 할 권리, 교사도 인간으로서 존중받을 권리를 의미합니다. 교사는 교육 이외의 행정 업무에 힘을 쏟아야 하고, 때로는 교장과 학부모의 어처구니없는 압박과 지시를 견뎌야 합니다.
학생의 인권과 교권은 '제로섬 게임'이 아닙니다. 서로 동등한 인간으로서 존중을 받으며 서로 누리는 권리입니다.
인권 친화력이 높은 공간에서 인권 감수성이 높은 학생과 교사가 모여 교육과 대화를 통해 진정한 교육이 이루어질 때 학생의 인권과 교권, 둘 다 존중받을 수 있을 것입니다.

우리 사회를 강타했던 '미투mee too' 운동도 마찬가지입니다.
애초에 미투 운동은 미국의 흑인 여성 타라나 버크에 의해 창시되었습니다.
불우아동을 위한 캠프에서 만난 한 여자아이가 양아버지에게 성폭행을 당한 일을 털어놓았다고 합니다.
그때 그 자신도 어릴 적 유사한 일을 겪었음에도 "나도 그랬어me too."라고 말하지 못했고 아이를 돕지 못했다며, 이후 이 일이 내내 그의 마음을 짓눌렀고 바로 '나도 그랬어'라는 호응과 공감을 위해 미투 운동을 벌이게 되었다 합니다.
여기서 나는 그 아이의 고백, 즉 침묵을 깨는 개인의 진솔한 고백이 중요했다는 생각입니다.
버크의 미투 운동은 할리우드 영화 제작자 하비 와인스틴의 각종 추문이 드러나면서 들불처럼 전 세계로 번지기 시작했습니다.
여배우인 알리사 밀라노의 뒤를 따라 성범죄를 당한 여성들이 SNS에 "나도 그랬어."라는 고백과 함께 해시태그#me too를 달았습니다. 캠페인은 하루 만에 50만 명이 넘는 사람이 리트윗했고 지지를 표명했습니다.

SNS는 사람들을 철저히 개인으로 만들지만, 해시태그에 연결하는 검색어 노출을 통해 엄청난 관심과 응집력을 발휘했습니다.
이러한 파급효과로 미투 운동이 서서히 대세로 자리 잡아 안착해 가는 것 같습니다.
한국의 미투 운동도 일회성 쇼크가 아닌 지속적인 운동으로 사회 저변에 번지길 바랍니다. 집단 속에 침묵하지 않고 깨어나는 여성과 그들을 인정하는 환경이 되길 바라기 때문입니다.
여성도 남성과 마찬가지로 우리 사회를 이끄는 중요한 한 축입니다. 남성과 마찬가지로 여성에게도 인권은 중요한 문제입니다.
우리나라 인권의 의식 수준은 그 어느 나라보다 높습니다. 다양한 구성원들과 글로벌 사회에서 인권 의식은 그 무엇보다도 중요한 가치일 것입니다.
앞으로도 인권 친화력이 높은 환경조성과 인권 감수성, 성性 인지 감수성이 살아있는 개개인으로 성장해야 합니다.

그리스의 대문호인 니코스 카잔차스키의 ≪영국기행≫에 나오는 이야기입니다.

옥스퍼드와 케임브리지 소속 칼리지들의 주요 목표는 학식이나 지식을 두뇌에 채워 넣는 것만이 아니다. 이곳 졸업생은 의사나 변호사·신학자·물리학자·운동선수 같은 전문가가 되어 나가지 않는다.
여기에서는 신체적으로든 정신적으로든 어느 한 방면의 전문성을 지나치게 강조하지 않는다. 그레이트브리튼 최고의 젊은이들이 고등학교를 마치고 와서 2, 3년 머무르며 '조화'를 배운다.
육체·정신·심리가 고루 단련된 완벽한 인간이 유일한 목표이다. 이 기간이 지난 후에는 본인의 희망에 따라 종합대학이나 법학대학원·종합기술전문대학·병원 등 어디서나 전문적인 공부를 계속한다.
옥스퍼드나 케임브리지에서는 전공 분야에 대한 증서를 받지 않는다.
그들이 받는 것은 '인간의 증서'이다.
본질을 탄탄하게 만들어 '사람이 먼저 되어야 한다'는 것을 교육철학으로 삼고 있는 것이다.

인간이 먼저인 '인본주의人本主義'의 사회, 그것이 '사람이 먼저다'라는 가치실현을 이룰 수 있는 선진국형 인권의 나라일 것입니다. *

나이는 숫자에 불과

집에서 혼자 TV를 보다가 눈물을 흘린 적이 많습니다. 드라마에 나오는 비련의 주인공 삶이 마치 저의 삶과 같다는 생각에 눈물을 흘린 적이 있는가 하면, 트로트 가수가 부르는 구슬픈 노래에 저도 모르게 눈물을 흘린 적이 있습니다. 제가 울고 싶어서 운 게 아니라 자연스레 감정에 도취되어 저도 모르게 눈물을 흘린 것입니다.
혼자서 '흑흑' 거리며 우는 모습을 본 자녀들이 저보고 "청승맞게 왜 우냐?"라고 물어봅니다.
나이를 먹어가면서 저 자신도 모르게 눈물이 많아지고 감성적으로 되어 가는 것 같습니다. 사소한 것에도 감정의 기복이 많아지는 것을 은연중에 느낍니다.
지인들과 술자리를 하다가 식당에서 들려오는 음악 소리에 무심코 옛 생각에 잠기기도 합니다. 옛 추억을 새록새록 되새기며 과거 생각의 사진첩을 꺼내어 상념에 잠겨 봅니다.
그러다 보면 많은 일이 주마간산처럼 스쳐 갑니다. 그중 마음속에 남아있는 소중한 추억이 멈춰 서면 그 추억을 안주 삼아 평소보다 많은 술을 마시기도 합니다.

나이를 먹었지만, 마음은 아직도 청춘인가 봅니다. 왜, 그런 말들 많이 하시잖아요. 몸은 50대인데 마음은 20대라고요.
이 말은 포괄적으로 나이를 먹어가면서 건강은 따라주지 못할지라도, 마음은 항상 20대의 마음으로 살고 싶어 하는 중·장년층의 입장을 대변하고 있다는 것을 잘 알고 계실 겁니다.

김수현 작가님의 저서 ≪애쓰지 않고 편안하게≫라는 책 속에 이런 구절이 있습니다.

지하철 승강장에서 한 취객이 난동을 부려서 경찰과 실랑이를 벌이고 있었다. 그때 한 청년이 다가오더니 막무가내인 취객을 꼬옥 안아주며 토닥여 주었다. 그러자 방금까지 소리를 지르던 취객은 금세 누그러져 청년의 어깨에 고개를 떨궜다. 화난 줄 알았지만, 사실 어른도 아이처럼, 안아 달라고 외치는 중이었는지 모른다.

내용이 실로 공감이 갔습니다.

인생을 살아가면서 나무의 나이테처럼 나이를 먹고 연륜도 쌓이면서 자연스레 어른이 되지만, 어른이 되기까지 이마에 새겨진 주름

만큼 모진 풍파와 시련의 고뇌는 다 헤아릴 수 없습니다.
작은 감동 스토리에 눈물을 흘리고 공감하는 이유가 바로 그것입니다. '나이를 먹으면 애가 된다'는 이야기와 무관치 않습니다.
중년의 나이를 먹으면 존경을 받지 못할지언정 욕을 먹지 말아야 합니다.
중국 송나라 때의 유명한 시인인 소동파의 시에 '설니홍조雪泥鴻爪' 라는 표현이 있습니다.
'기러기가 눈밭에 남기는 선명한 발자국'이라는 뜻입니다. 그러나 그 자취는 눈이 녹으면 없어지고 맙니다. 인생의 흔적도 이런 게 아닐까 싶습니다.
언젠가는 기억이나 역사에서 사라지는 덧없는 여로. 뜻있는 일을 하면서 성실하게 살고 하늘을 우러러 한 점 부끄럼 없이 지내는 일이 참 어렵습니다.

중국 고사에 '강산이개江山易改 본성난개本性難改'라는 말이 있습니다.
'강산은 바꾸기가 쉽지만, 본성은 고치기가 힘든 것 같다'는 의미로 나이를 먹을수록 본성이 잇몸처럼 부드러워져야 하는데 송곳처럼 뾰족해지는 경우가 많습니다.
사람은 다섯 가지를 잘 먹어야 한다고 들었습니다.

1. 음식을 잘 먹어야 한다.
2. 물을 잘 먹어야 한다.

3. 공기를 잘 먹어야 한다.
4. 마음을 잘 먹어야 한다.
5. 나이를 잘 먹어야 한다.

이것이 건강한 삶의 비결이기도 하지만, 존경받는 삶의 길이기도 할 것입니다.
프랑스의 패션 디자이너이자 사업가인 코코 샤넬은 "스무 살의 얼굴은 자연의 선물이고, 쉰 살의 얼굴은 당신의 공적이다."라는 명언을 남겼습니다.
중년 이후의 얼굴은 그 사람의 인생에 대한 결과라 할 수 있을 것이므로, 나이를 잘 먹는다는 것은 정말로 어려운 것입니다.

'피터 팬 증후군Peter Pan Syndrome'이 있습니다.
영국의 작가 제임스 M. 배리가 썼던 아동극을 디즈니가 만화 영화로 만들어 세계적으로 유명해진 캐릭터입니다. 동화 속 내용에 '피터 팬'은 영원히 나이를 먹지 않는 어린아이로 나오고 있습니다.
나이를 먹어도 항상 아이들처럼 행동하고 육체적으로 어른이 되었지만, 여전히 어린이로 남아있기를 바라는 심리상태를 피터 팬 증후군이라고 합니다.
화장품 업계에서도 이런 분위기를 반영하여 중·장년층을 겨냥한 화장품들이 불티나게 팔리고 있다 합니다. 나이를 먹었지만, 자신을 위해 투자하고 아름다움을 가꾸는 중·장년층이 많다는 이야기입니다.

어떤 분들은 많은 나이에도 불구하고 현재 왕성하게 제2의 인생을 사시는 분들도 많습니다.
60대의 나이에 모델 활동을 하고 있는 김칠두 모델이나, 유튜버로 왕성하게 활동하고 있는 박막례 할머니도 늦은 나이에도 세월을 거슬러 인생의 후반기를 멋지게 보내고 있는 분들입니다.
나이가 장해물이 될 수 없다는 것을 몸소 보여주는 분들을 주위에서도 많이 찾아볼 수 있습니다.

미국의 국민화가로 불리는 애나 메리 로버트슨 모지스1860~1961, 미국는 75세의 늦은 나이에 그림을 그리기 시작한 늦깎이 화가입니다.
농장에서 가정부로 일하기도 했고, 결혼 후에는 아내와 엄마로 평범하게 살아왔던 그는 딸이 사다 준 화구로 75세의 나이에 그림을 그리기 시작했습니다.
평생 그림을 배워 본 적 없었지만, 자신이 직접 경험한 것들과 평생 보았던 고즈넉한 풍경을 그녀만의 사랑스러운 방식으로 그려냈고, 결국 그 그림들은 미국인들의 마음을 사로잡았습니다.
88세에 '올해의 젊은 여성'으로 선정되었고, 93세에 〈타임〉지 표지를 장식했으며, 100세 되던 생일날에는 뉴욕시가 '모지스 할머니의 날'로 선포할 정도였습니다. "그 나이에 무슨 그림을 그리느냐?”라고 말했던 이들을 향해 모리스 할머니는 이렇게 말했다 합니다.

“사람들은 늘 내게 늦었다고 말했어요. 하지만 사실 지금이야말로 인생에서 가장 젊은 때입니다. 무언가를 시작하기에 딱 좋은 때이지요.”

나이로 인하여 할 수 없다는 제약이 있는 게 아니라, ‘이 나이에 무엇을 해?’라는 마음이 문제인 것입니다.
나이는 숫자에 불과한 것입니다. *

이 또한 지나가리라

방송에서 한 연예인의 사연을 듣게 되었습니다. 그는 많은 영화에도 출연했고, 드라마에도 출연한 배우였습니다.
개성 있는 캐릭터로 그에게 맞는 배역이 있어 출연 제의가 한창 들어올 때는 인기를 구가하며 왕성하게 활동했던 배우였습니다. 그러다가 한동안 활동이 뜸했고 집에서 쉬는 날이 많아졌다고 했습니다.
잠시 휴식기를 틈타 사귀던 여자 친구와 결혼을 하였고, 이후 자녀도 생겨 아이들을 돌보며 그렇게 시간을 보냈습니다. 거주하고 있는 아파트 주변에선 얼굴이 알려진 연예인이라 많이 알아보고 인사를 건네는 주민들이 많았습니다.
장을 보러 마트에 가거나 산책을 할 때면 '연예인'이라는 자신을 바라보는 시선이 부담스러웠을 겁니다. 아이들은 커 가는데, 일은 없고 경제적 문제로 어려움이 생기기 시작했다고 합니다.
그는 그런 집안의 사정을 아랑곳하지 않고 오직 자신이 연예인이라는 아우라에 도취하여 몇 년간을 하는 일 없이 보냈습니다.
어느 순간 자신을 돌이켜 보면서 '이래서는 안 되겠다'라는 성찰을 하고, 모든 것을 내려놓고 먹고살기 위해 공장을 알아보고 취업을 하였습니다.
공장장이나 같은 회사 동료들이 연예인이라는 것을 한눈에 알아보고는 '얼마나 오래 일할 수 있을지?' 염려의 눈치를 보냈다고 합니다. 그런데 그는 3년 동안 일했고 지금도 열심히 일하고 있습니다.

세간의 의혹을 한 방에 해소시켜 준 행보였습니다. 공장장은 그에게 "회사 일 하다가 방송 쪽에서 일이 들어오면 언제든 회사 신경 쓰지 말고 일하러 가라."라고까지 말하며 응원을 해주고 있다고 합니다.
집에 있는 부인이 연예인이라는 직업을 내려놓고 꿈을 포기한 것 같아 가슴이 아프다며 눈물을 보이기도 했습니다.
그 연예인은 "자기 자신이 그간 이기적으로 살아왔다. 자신의 성공이 결국 가족의 영광일수 있다는 착각에 빠져 살았다. 그런 허상이 결국 자신과 가족에게 아무런 도움이 되지 않았다."라고 자책하였습니다.

맞습니다! 가족은 자신을 비롯하여 모든 구성원이 한 팀입니다.
한 팀은 구성원 모두가 혼연일체가 되어 주어진 현실에 잘 대응하여야 합니다.

한 명이라도 낙오하면 팀은 깨지게 되어 있습니다. 구성원 모두가 조금씩 양보하고 희생하고 자존심도 버려야 합니다.
꼭 가족만이 아닐 것입니다.
세상을 살다 보면 많은 집합체의 구성원들과 같이 생활하게 됩니다. 그 집합체를 벗어나지 않는 한 구성원들은 모두가 한 팀입니다. 한 팀에게 필요한 건 '소속감·희생·배려'라는 생각입니다.

한동안 편의점에서 '카페라떼' 맛 과자를 출시할 정도로 '라떼'란 말이 광풍을 몰고 온 적이 있습니다. '라떼'란 '나 때는 말이야'라고 운을 떼는 직장 상사들의 습관을 곱지 않은 시선으로 바라보는 은어입니다.
젊은이들이 흔히 사용하는 '노땅' '꼰대'란 말과 비슷한 의미로 사용되기도 합니다.
살다 보면 세상살이가 내 뜻대로 잘 풀리지 않을 때가 많습니다. 인생은 뜻하지 않는 곳으로 흘러가기 마련입니다. 잠시 자존심을 버려두는 것도 좋습니다. 그게 영원한 루저가 되는 것은 아니니까요.

네덜란드의 철학자 스피노자가 이야기한 것처럼 "내일 지구가 멸망해도 오늘 한 그루의 사과나무를 심겠다."라는 초연한 자세로 임하다 보면, 어느 순간 힘들고 어려웠던 시기가 지나갈 것입니다. 그리고 곧 행복의 그림자가 드리워질 것입니다.

한 치 앞을 모르는 인생이지만, 하늘이 자신을 보살피고 도와줄 것이라는 믿음이 있다면 일이 뜻대로 되지 않고 오히려 계속 벽에 부딪힐지라도 절망하거나 슬퍼하지 않을 것입니다.
왜냐하면 어떠한 상황도 시간이 지나면 좋아지리라는 확신이 있기 때문입니다.

알리바바그룹의 마윈 회장의 말처럼 '오늘이 비참하고 내일은 더 비참할지라도 모레는 아름다울 수 있는 것'이 바로 인생입니다.
신은 세상에 고통과 기쁨을 같은 비율로 흩뿌립니다. 그래서 늘 행복하기만 하거나 항상 불행하기만 한 인생은 없습니다. 어려울 때가 있으면 순조로울 때도 있게 마련입니다.
하지만 사람마다 어려울 때를 대하는 태도가 다르기에 인생 전체의 모양이 달라집니다.
긍정적인 사람은 늘 긍정적인 태도로 더 나은 내일을 위해 노력합니다.

모든 것은 지나갑니다. 또한 반드시 좋아집니다. 이를 인생의 신조로 삼고 도저히 극복할 수 없을 것 같은 문제가 생기거나 세상이 끝난 것 같은 절망이 찾아올 때 스스로를 일깨워 보십시오!

자신도 다른 사람과 마찬가지로 내일의 새로운 태양을 맞이할 자격이 있고 똑같이 새로운 하루를 부여받았다는 사실을, 그리고 그

것을 대면할 용기만 있다면 모든 게 반드시 좋아질 거라는 사실을 믿으십시오!
'모든 것은 다 순간이요, 곧 지나가 버리는 것'임을 알 때 우리는 성공이나 승리의 순간에도 지나치게 흥분하거나 교만해지지 않을 수 있습니다.
실패나 패배의 순간에도 지나치게 절망하지 않고 마음을 지킬 수 있습니다.

Soon it shall also come to pass!
이 또한 지나가리라! *

소중한 인연

자동차 업계에 종사하는 지인의 이야기입니다. 그분과의 인연은 대략 10년 정도 된 것 같습니다. 고향 선배와 식사를 하는 자리에 합석하면서 뵙게 되었는데, 간간이 안부를 전하면서 지금껏 좋은 관계를 유지하며 알고 지내는 분입니다.

저보다 연배가 있으신 분이신데도 항상 깍듯이 존댓말을 쓰시고 겸손한 자세로 저를 대하시는데 처음에는 다소 부담스러웠지만, 차츰 그분의 성격과 인품이 배어나는 기풍에 적응이 되어 지금은 자연스레 그분을 존경하게 되었습니다.

회사에서도 부하직원들에게 '하심下心'으로 대하다 보니 직원들에게 좋은 상사로 평가받고 있으신 분입니다.

지인들의 경조사를 빠뜨리지 않고 챙기는 것은 기본이고, 모닝콜처럼 좋은 내용의 카톡으로 아침 인사를 건네고 안부를 묻는 것이 일상화가 될 정도로 인간관계의 소중함을 몸소 실천하고 계시는 분입니다.

전설의 자동차 판매왕이었던 조 지라드Joe Girard의 '250의 법칙'이라는 법칙을 알고 계실 것입니다. 조 지라드는 지난 40여 년 이상 타의 추종을 불허하는 자동차 판매왕이었습니다.

세계 최고의 기록을 공인하는 기네스북은 1973년에 1,425대의 차를 판 그를 세계 자동차 판매왕으로 인정했습니다. 그는 이후에도 15년간 1만 3천 대의 차를 팔아 12년 연속 기네스북 자동차 판매왕에 올랐습니다.

그는 '250의 법칙'을 설파하면서 "평생 한 사람의 평균 인맥은 250명인데, 한 달에 2명이 한 영업사원으로부터 부정적인 이미지를 얻는다면, 한 달 뒤 2×250명=500명의 부정적 인식을 갖게 한다며, 고객 한 명을 250명의 고객이라 생각하고 대한다."라고 말한 바 있습니다.

그는 한 명의 고객에게 신뢰를 얻으면 잠재고객이 250명이 생긴다는 걸 행동으로 실천했고, 이때 한 사람의 가치를 250배로 높게 평가하는데, 그 결과 고객들로부터 전폭적인 신뢰를 얻고 고객들도 그를 귀빈으로 여겨 진심으로 지원하는 충성고객이 생겨나면서 세계 최고의 영업 샐러리맨이 되었습니다.

고객 한 사람 한 사람을 귀인으로 여기고 성심성의껏 대함으로써 고객들이 오히려 그 마음에 감동하여 전폭적인 지지와 지원을 보내 성공에 이르게 된 것입니다.

우리가 잘 알고 있는 레오나르도 다빈치Leonardo da Vinci, 1452. 4.

15.~1519. 5. 2.는 르네상스라는 인류 역사상 가장 활기에 찬 시대의 인물로 이탈리아를 대표하는 천재적 미술가·과학자·사상가입니다.
이탈리아 피렌체 근교의 '빈치'라는 마을에서 출생하였는데, 이름에 '다빈치'를 붙인 것은 이 마을 이름에서 따온 것이라 합니다.

레오나르도가 1517년에 그렸다는 '모나리자 초상화의 주인공은 누구일까'를 놓고 예술인들 사이에서 이야기가 분분한데, 레오나르도의 자화상이라는 설 등 여러 가지 가설이 떠돌았지만, 일반적으로 피렌체의 부유한 상인 '프란체스코 델 조콘도'의 부인이라고 알려져 있습니다.
그래서 이 초상화는 조콘도의 부인이라는 의미로 '라 조콘다'로 불리기도 하고 '리사 게라르디니'라는 본명을 따서 '귀부인 리사'라는 뜻의 '모나리자'라고 불리게 되었다 합니다.

미국을 상징하는 '자유의 여신상'의 이름은 '세계에 빛을 비추는 횃불을 든 자유의 신상'으로 높이는 46m이지만 그 밑의 기단까지 포함하면 무려 93m에 이른다고 합니다.
발밑에는 노예 해방을 뜻하는 부서진 족쇄가 있으며, 치켜든 오른손에는 횃불과 왼손에는 '1776. 7. 4.'의 날짜가 새겨진 독립선언서를 들고 있습니다.

프랑스는 미국 독립 100주년 기념 선물로 조각가 프레데리크 오귀스트 바르톨디에게 자유의 여신상 제작을 의뢰하였다 합니다. 하지만 이 작품을 시작할 때 걱정이 있었습니다.
바로 여신상의 얼굴을 누구를 모델로 삼아 조각할 것인지가 걱정이었습니다.
유명한 사람들이 물망에 올랐습니다. 아름다운 여배우, 유명 정치가, 재벌 등 사회적으로 성공을 이룬 사람들이 다양하게 추천되었습니다.
바르톨디는 모든 사람의 자유를 생각하고 수호하는 자애로운 여신상의 얼굴을 조각하고 싶어 했습니다.
그는 '세상에서 가장 자애로운 얼굴은 무엇인가?'라며 자문자답을 해보았습니다.
결국 바르톨디는 고심 끝에 자신을 낳아 기르고 사랑해주신 어머니를 모델로 삼기로 했습니다.
바르톨디에게 세상에서 가장 자애로운 얼굴은 바로 어머니의 얼굴이었던 것입니다.

기본적으로 우리의 인간관계는 혈연·지연·학연으로 이루어져 있습니다. 혈연으로 이루어진 가족관계에서 시작하여 사회생활을 하면서 만나는 지연·학연을 통해 무수히 많은 사람을 만나게 됩니다.
만남을 이어가면서 소중한 인연이 형성됩니다. 가족은 혈연으로 이루어진 공동체이지만, 사회생활을 하면서 맺은 인간관계는 자신의 노력에 따라 귀인이 될 수도 있고 악인이 될 수도 있을 것입니다.
그 누구를 만나든 사람은 나와 운명의 만남이라 생각하고 최선을 다해 섬기는 자세로 대하는 게 중요하다는 생각입니다.

어릴 적 시골 마을 동네에 우물이 사라지고 아직 수도 시설이 좋지 않던 시절에는 지하수를 끌어올려 식수로 사용하곤 했습니다. 땅 밑 수맥에 파이프를 막아 펌프를 달아 놓았습니다.
이 펌프에 물을 한두 바가지 넣고 힘차게 위아래로 움직이다 보면 지하에 있는 물이 따라 올라옵니다. 물 펌프 구조를 보면 물을 끌어 올리는 구멍이 뚫려 있고 그 부분이 고무 막으로 막혀 있었습니다.
물을 끌어 올릴 때 구멍을 막아, 끌어 올린 물이 다시 내려가지 못하게 하는 원리입니다. 이 물을 끌어올리기 위해 붓는 물을 '마중물'이라고 부릅니다.
우리의 삶은 많은 사람과의 '연'으로 이루어져 있습니다.
혼자의 힘으로 세상 밖으로 나올 수 없는 지하수를 마중하는 한 바가지의 물처럼, 더불어 사는 공동체 사회 속에서 자신의 성공을 위한 이기적인 삶보다는 봉사와 희생의 마중물이 되어보는 삶이 필요할 것입니다.
그 '마중물'이 '우리'가 되어주시길 희망합니다.

저는 작가로서 지인들에게 저자 사인을 해줄 때 책에 이렇게 적습니다.

"좋은 만남은 좋은 인연이 되고, 좋은 인연은 인생의 좋은 동반자가 됩니다."

살아가면서 사랑하는 가족이든, 친구이든, 기타 지인이든, 그 누구도 성공을 위한 인생에 필요한 마중물이 될 수 있습니다.
귀인은 멀리 있는 것이 아니라 가까이에 있습니다. *

좋은 사람

지인으로부터 집안 이야기를 듣게 되었습니다.

비가 오던 하루 전날 야근을 하고 집 거실에서 부인과 조용히 이야기를 나누고 있었는데, 부인은 한마디 대꾸도 없이 자꾸 창밖만 바라보고 있었다 합니다. 그러던 중, 갑자기 부인이 아파트 베란다로 가더니 뛰어내리려 했다는 것입니다. 가까스로 부인의 발목을 잡고 놀란 가슴을 쓸어내린 나머지 이유를 물었는데, 부인은 아무 말 없이 울기만 하더랍니다.

알고 보니, 부인의 우울증이 심각한 상태였고, 그런 상황을 전혀 모른 채 몇 년을 지내 온 지인남편은 부인을 데리고 병원에 가게 되었다 합니다. 병원을 방문하여 진료를 받고 대기실에서 기다리는데 담당 의사가 남편을 불렀고, 검진결과를 설명해 주면서, "부인의 우울증이 심각한 상태인데, 그간 그런 기미를 전혀 눈치채지 못했냐?"라며 질책하는 눈치를 주더라는 겁니다.

일단 약을 처방해 주지만, 계속 신경을 써야 할 정도로 위중한 상태라고 덧붙였다 합니다.
그러면서 지속적인 약 복용 외에 애완견을 한번 키워보도록 하라고 조언했다 하는데, 그 이유는 가족들이 집에 아무도 없을 때는 애완견하고 시간을 보내게 됨으로써 어느 정도 외로움을 덜 수 있고, 애완견과 산책도 하며 돌보는 시간을 보내면 조금이라도 우울증 완화에 도움이 되지 않겠냐고 했다 합니다.

작가 사노 요코의 ≪사는 게 뭐라고≫라는 책을 읽다 보면, 유방암 수술을 받고 가슴을 잘라낸 자신의 삶을 시크하게 그린 대목이 나옵니다.
작가는 항암 치료를 받는 동안 머리카락이 빠지고 얼굴의 살이 쏙 빠지는 등 형상이 말이 아닐 정도로 피폐해졌다면서도, 이후에 자신의 삶을 덤덤히 받아들이고 오히려 병문안을 온 사람들에게 "암은 좋은 병이다."라며 미소 짓는 등, 이미 삶을 달관한 듯 보입니다.
그러나 그러는 과정에서 그녀는 우울증이 암보다 몇 배나 더 힘들었다고 고백합니다. 주위 사람들을 더 차갑게 대했고, 친했던 사람들이 엑소더스처럼 다 사라져가고, 사람들을 떠날 수밖에 없도록 자신이 변하더라는 것이었습니다.
'이제 죽고 싶어도 죽을 수 없는 폐인이 되어 몇십 년이고 살아야 하는 걸까?' 내심 암에 걸린 사람이 부러웠다 했습니다. 세상에 암에 걸린 사람이 부러웠다니! 우울증이 얼마나 큰 고통인지 짐작조차 되지 않습니다.

우리나라에도 정확한 수치를 알 수는 없지만 많은 사람이 우울증을 앓고 있다고 합니다. 심각한 우울증은 아니더라도 무기력과 함께 우울감을 호소하는 사람들은 훨씬 더 많으리라 추정됩니다.
요즘 식사 자리에서 빠지지 않고 나오는 이야기 중 단골 주제 메뉴가 있습니다. '삶이 우울하다'는 자기 고백입니다.
자신의 힘든 삶에 대한 비관, 자녀들과의 갈등 등 오늘이라도 당장 아파트 베란다에서 뛰어내리고 싶어 하는 우울한 병리적 상태를 호소하는 사람이 많아졌습니다.
'헬조선'이라 외칠 만큼 희망 없는 하루하루를 보내느라 청년들도 우울합니다. 연애도 결혼도 취직도 내 집 장만도, 어느 것 하나 행복한 삶의 여정이 되지 못하는 것이 현실입니다. 더더구나 노인 자살률은 단연 세계 1위, 사회적 수명이 짧아지고 직장에 뼈를 묻을 각오로 일하느라 가족관계가 망가질 대로 망가진 그들에게 삶의 위로가 되어줄 삶의 동반자는 연금만큼이나 부족합니다.
1인당 국민소득 3만 달러 시대로 가고 있지만, 우리가 얻은 경제성장은 '행복을 대가로 바친 명예롭지 않은 상처'만 남은 훈장입니다.

장기적인 경제 불황 이후 일본은 '우울해져도 이상하지 않은 사회'가 돼버린 지 오래라 합니다.
언제 급여가 삭감될지 모르고, 언제 회사로부터 정리해고 통보가 올지 모르기에 불안해하며 일하는 반복된 일상, 열심히 스펙을 쌓아도 자신이 원하는 회사에 취직하기도, 정규직 일자리를 얻기도 힘든 그들의 과거가 우리의 현재와 많이 닮아있습니다.
물가는 치솟지만, 자신의 월급으로는 삶의 질을 유지하기 힘들어 '소확행'을 추구할 수밖에 없는 인생 말입니다.
부모를 부양하고 그들의 기대를 충족하기 위해 열심히 앞만 보고 달려왔으나, 자식은 독립하겠다며 내 노후의 의지가 되어주지 못하는 '낀 세대'인 중장년층에게 삶은 더없이 각박한 시간으로 하루하루 힘든 나날을 보내게 될 것입니다.
그다지 행복하지도 않으면서 우리는 무엇을 위해 그토록 쉼 없이 달리고 있는 것인가? 최근 들어 주위의 소중한 사람들이 하나둘씩 떠나는 소식을 들을 때마다 이런 생각이 듭니다.
우리는 어디로 가고 있는지? 무얼 얻자고 그토록 달리고 있는지? 근본적으로 자신의 삶을 돌아볼 시간이 필요할 듯합니다.

'이래도 한세상, 저래도 한세상! 인생 별거 없어!'라는 마음이 들 때가 있습니다. 그럴 땐 잠시 멈춰서 삶을 재정비해야 합니다.
우리가 달리는 이유가 그저 그동안 계속 달려왔고, 다들 달리고 있기 때문이라면, 이 무한 질주는 멈춰야 합니다. 삶은 마라톤이나 100m 경주가 아니라, 탐험이고 여행이며 산책이어야 하니까 말입니다. 힘든 삶을 이겨내고 잠시나마 위안과 위로를 받을 수 있는 가장 확실한 처방전은, 아이스크림 같은 달콤한 농담과 유머를 건넬 수 있는 가족, 친한 친구와 지인들과 좋은 시간, 좋은 관계를 맺는 것이라는 생각입니다.

무거운 삶의 짐을 내려놓고 잠시라도 좋은 사람을 만나 많이 웃을 수 있다면 그것만큼 좋은 처방전이 어디 있겠습니까?

사람들은 종종 애완견이 사람들에게 좋은 친구 같은 동물이라고 말합니다. 애완견은 충성심이 강하고, 말을 잘 들으며, 영리하기까지 합니다. 하지만 집에서 애완견을 키우는 가장 큰 이유는 언제나 애완견이 주인에게 꼬리를 흔들며 기쁘게 안기며 주인을 즐겁게 해준다는 것입니다. 사회 심리학적으로 이야기하면, '서로 좋아하는 법칙'이라고 할 수 있겠습니다.
사람은 자신을 좋아하는 사람을 좋아한다는 것이고, 이는 그 사람이 지위가 높거나 똑똑하거나 잘생겼거나 해서가 아닙니다. 단지, 그가 나를 좋아해 주기 때문에 상대방도 그를 좋아하는 것입니다.
인간관계도 마찬가지일 것입니다. 자신의 이야기를 잘 들어주고 매사 호의적인 마음으로 다가갈진데, 그런 사람을 싫어하고 마다할 사람이 어디 있겠습니까?
인생을 살아가면서 가장 중요한 삶의 처방전은 '희로애락喜怒哀樂'을 함께할 수 있는 좋은 사람이 되는 것입니다.

'좋은 사람이 좋은 사람'인 것입니다. *

에필로그

'코로나19'로 국민이 힘든 시간을 보내고 있는 시기에 이 글을 마무리하게 되었습니다. 많은 분이 외부활동을 자제하고 집에서 보내는 시간이 많았을 것입니다.
저 자신도 그랬습니다. 집에서 지내는 시간이 많아진 탓에 그간 읽지 못했던 책을 끄집어내어 읽기도 하고, 대형서점에 혼자 앉아서 많은 책을 읽었습니다.
'코로나19' 상황이 저에게는 오히려 책과 더 함께할 수 있는 소중한 시간을 안겨주었습니다. 다양한 부류의 책들을 읽으면서 마음의 양식도 쌓고 글감도 비축하는 좋은 기회였습니다.

그간 다양한 분야의 책을 집필해보았지만, 이번에 세상 밖으로 나온 저의 다섯 번째 작품 ≪희로애락≫ 인문에세이는 꼭 써보고 싶었던 분야였습니다.
지금껏 살아오는 동안 직·간접적으로 다양한 군상群像의 삶에 관한 이야기를 쓰면서 많은 생각을 해보았습니다.
행복했던 기억, 즐거웠던 추억, 슬펐던 생각, 잘못했던 과오를 실오라기 하나 없이 끄집어낼 수 있었고 밑천으로 사용할 수 있었기 때문에 저에게는 너무도 소중한 책이라고 말씀드리고 싶습니다.

삶을 살아가면서 겪었던, 그리고 겪을 수 있는 나의 이야기가 단지 나만의 이야기가 아니고 누구나 겪을 수 있는 우리들의 이야기라 많은 공감이 갈 것이라고 믿습니다.

영국의 영화배우인 찰리 채플린이 말하였습니다.
"인생은 가까이서 보면 비극이지만, 멀리서 보면 희극이다."
아주 오래된 철학가의 저서나 저서 속에서 아직도 우리가 알고 있는 명언들이나 내용들이 지금도 사랑받는 이유는, 시대를 넘나들어 우리의 삶에 누구나 공감하는 '희로애락'이 있기 때문입니다.
기쁨과 슬픔, 행복 그리고 다양한 인간의 삼라만상이 공존하는 스토리가 스토리텔링 형식으로 이루어져 독자들과 이야기로 나누고자 하였습니다.
그 중심에는 '꿈과 희망'이 있고 독자들의 마음속으로 '코끼리작가'인 저자가 '꿈과 희망'을 배달해 드리고 싶었습니다.

지금까지 '희로애락'을 같이해준 저의 짝꿍 정남 씨, 딸 유비, 유진이 그리고 항상 마음으로 응원해주고 있는 친구 김병철, 김민규, 박황서와 부족한 후배를 위해 늘 품어 주시고 계신 이종호 형님, 좋은 작품의 출간을 위해 노력해주신 창작시대사 이태선 대표님께도 감사의 말씀을 드립니다.
저의 작품이 많은 분에게 조금이나마 위안이 되고, 그래서 행복해질 수 있다면, 저는 제 책을 읽어준 독자들에게 감동과 감사의 선물을 받은 것입니다.
그리고 더 좋은 작품 활동을 위해 제가 살아가야 할 존재 이유가 될 것입니다.

작품을 마무리하면서 시원섭섭하다는 생각이 듭니다. 항상 작품을 마무리할 때는 미련과 아쉬움이 남습니다.
부족한 여백을 이제 독자들께 넘겨 드리겠습니다. 작품을 통하여 부족한 여백은 감성과 공감으로 채워 주실 것이라 믿습니다.
작품이 나오기까지 힘든 상황을 잘 견디게 힘을 준 가족과 친구, 많은 지인과 끝으로 작가라는 세상 속의 가치를 부여할 수 있도록 능력을 주신 하나님께 감사의 기도를 드립니다.

이 책이 어두운 시기를 극복하고 새로운 미래를 준비하는 데 작은 힘이 되기를 소망합니다.

2021.01.01
'코끼리 작가' 김기홍

희로애락

초판 1쇄 인쇄 2021년 1월 20일
초판 1쇄 발행 2021년 1월 25일

지은이 김기홍
펴낸이 이태선
펴낸곳 창작시대사

등록번호 제2-1150호(1991년 4월 9일)
주소 경기도 고양시 덕양구 행주로 83번길 51-11(행주내동)
전화 031-978-5355 **팩스** 031-973-5385
이메일 changzak@naver.com

ISBN 978-89-7447-238-2 03810

* 값은 뒤표지에 있습니다.

* 잘못된 책은 바꿔드립니다.